◆▶中国文学名家散文精选丛书

我挽春风去远方

剑钧 著

江西高校出版社
JIANGXI UNIVERSITIES AND COLLEGES PRESS

南 昌

图书在版编目（CIP）数据

我挽春风去远方 / 剑钧著 . -- 南昌：江西高校出版社，2025.6. -- (中国文学名家散文精选丛书).
ISBN 978-7-5762-5516-4

Ⅰ . I267

中国国家版本馆 CIP 数据核字第 20240KA227 号

责 任 编 辑　江爱霞
装 帧 设 计　夏梓郡

出 版 发 行　江西高校出版社
社　　　　址　江西省南昌市新建区工业二路 508 号
邮 政 编 码　330100
总 编 室 电 话　0791-88504319
销 售 电 话　0791-88505090
网　　　　址　www.juacp.com
印　　　　刷　鸿鹄（唐山）印务有限公司
经　　　　销　全国新华书店
开　　　　本　650 mm×920 mm　　1/16
印　　　　张　13
字　　　　数　160 千字
版　　　　次　2025 年 6 月第 1 版
印　　　　次　2025 年 6 月第 1 次印刷
书　　　　号　ISBN 978-7-5762-5516-4
定　　　　价　58.00 元

赣版权登字 -07-2024-926

目 录
CONTENTS

第四辑
草之翠

第一辑

山之影

阿尔山之夏

微雨中的阿尔山，莽莽樟子松林中，那一大片飘向天边的绿色，仿佛被圣水洗过了似的，透着翡翠般的晶莹，格外的绿，格外的萌。雨刷左一下，右一下，不紧不慢地滑动着，车窗上的一串串水珠，跳着舞，调皮地溅落下来，投入了大自然的怀抱。我扫了一眼手边的折叠伞，心说这家伙可能要派上用场了。

雨中游阿尔山，那会是一种什么样的感受？

明明知道阿尔山不是山，蒙语意为"圣水"，但在我潜意识里，仍将夏日里的阿尔山想象为一座绿色的山，一座梦幻的山。我并非初到阿尔山，但此次身临其境，竟屡屡触摸到意料之外的惊喜，当我和几位作家、艺术家朋友走下车的那一刻，一路淅淅沥沥的小雨又一次骤然停歇了。"天啊，太神奇了。"我不禁脱口而出。

折叠伞是两天前好客的主人赠送的，就放在考斯特旅行车上，陪伴我们一路行走了"兴安岭上兴安盟"，游走了乌兰毛都草原、白狼林俗村、察尔森水库、三角山哨所、边境线上国门……每每行车时，我们的目光都一定会与雨水"亲密接触"，又一定会在下车时雨过天晴。五天里，那几把雨伞竟无一次为我们"献过"殷勤，莫非这是主人的热情和客人的虔诚感动了上苍，不忍心让我等身上淋上小雨滴？

阿尔山之夏，带有一种高远的美，尤其是雨后的阿尔山，把天空洗得瓦蓝瓦蓝的，犹如将大海倒挂在蓝天上。作家邓刚老师和夫人从海滨大连驱车一千公里开到乌兰浩特，只为赶赴一个来自遥远草原的约定，他称之为是一次"从蓝色海洋来到绿色海洋的畅游"。一路上，他那带有海蛎子味儿的幽默，也犹如静默中的"火山"，偶尔喷发出来，那带有喜剧色彩的调侃，时常把一车人逗得前仰后合，这也许就是小说家与诗人的区别吧。

我们沿着蜿蜒的木栈道，徜徉在第四季火山喷发的地质遗迹石塘林，空气里散发着扑鼻的草香，越往里走，越能感受到负氧离子的慷慨，做一个"贪婪"的深呼吸，仿佛真的醉了，醉在了"一半是林海，一半是火山"的童话中。

高远的美，既是时间的，也是空间的。亿万年前，大兴安岭也曾为蓝色大海，名字就叫蒙古兴安海槽。位于大兴安岭西南麓的阿尔山国家森林公园，见证了远古岁月的沧桑。那火山熔岩形成的石海，黑黝黝的裸露着古怪嶙峋，倒映在一汪碧水中，我凝视着凹凸不平的地貌，冷不丁在想，远古之时，那火红的岩浆是以怎样的豪放奔泻，而今这满目疮痍的火山石，每一个裂缝，每一道纹理，都镌刻着岁月的梦痕。

在阿尔山最为奇妙的当属火山熔岩了。随处可见的地貌景观，会在低缓的原野上形成明显的火山锥，放眼眺望，仿佛梦回亿万年前宇宙星辰碎裂，火山喷发的远古时代。那不可一世的火山，发狂发癫地喷发出火红火红的岩浆，肆意奔涌，最终在这片土地上凝固成无数个熔岩雕塑，组合成千奇百怪的地质现象。凹凸不平的地貌与连绵成片的火山岩让我震撼，千奇百怪岩石呈现出曼妙的曲线，在阳光和绿荫的作用下，勾勒出深深浅浅的影子。在阿尔山可与宇宙对话，可与人类简史重逢，我豁然生出一个念头：有的时候，毁灭也会凝固为一种美丽。

一棵粗壮的落叶松，在一堆火山岩的簇拥下，长得像一顶遮天蔽日的大伞，我禁不住仰望并膜拜，称奇于群岩乱石之间，远离了土壤，又何以茁壮如斯，这远非凭借推理和想象就能解释得通的。放眼望过去，大森林无际无涯，一条木栈道静卧于此，驮着人们去探寻这属于第四纪火山喷发留下的地质遗迹。那久远的岁月，不同期次的熔岩流从火山口溢出，最终注入了哈拉哈河，炙热的熔岩流将河道阻塞，形成了一系列串珠状排列的堰塞湖，诸如杜鹃湖、松叶湖、鹿鸣湖、眼镜湖、仙鹤湖……这是深藏在原始大森林中的密码，五十余座火山锥，十九个高位火山口，九大熔岩堰塞湖，数百个火山丘，将阿尔山的神奇，尽情裸露在不言中。

就我所知，阿尔山的自然风光以各种火山湖组成的天池火山群，和以玫瑰峰花岗岩石林组成奇峰异石最具特色，每一个景致，或许都深藏着一个神奇的传说。我乘兴登上有998个木阶的驼峰岭天池，头上飘过来一团云，袅袅婷婷飘向了环绕天池的林海。天池老了，有30万年高龄，是火山口积水而成的高位湖泊，听兴安盟文联王凤华主席讲，阿尔山有九大天池，对外开放的只有阿尔山天池和驼峰岭天池。我先前到过阿尔山天池，驼峰岭天池还是头一遭光顾，新鲜感还是满满的。

我在观景台俯瞰天池，湖面深邃而平静，形似人的左脚丫，一脚伸出去，便踏向了充满绿色生机的诗和远方。在深蓝色的幻影之中，湖面上倒映着驼峰和松林的墨绿，风是墨绿的，阳光是墨绿的，连神秘天池飘过来的那几朵白云，也似乎沾上了点点墨绿。一阵清风拂面而来，林中啾啾鸟鸣，不绝于耳。湖光倒影中，我将自己融入到了一幅用心灵勾勒的油画里。

阿尔山之夏，带有一种畅想的美。我置身于驼峰岭天池之上，似乎也"升华"为诗人了，绿色的油墨泼洒向大地，蓝天的灵光掩映着草原，远眺那一排排笔挺的白桦林，绿得柔美，仿佛嘘出一口气就能吹拂起一片微微的涟漪。在苍茫林海的簇拥下，驼峰岭天池于云卷云舒中，堪为尘世中的一片秘境，犹如九天下凡的仙女，静谧、高洁、多情。

想起来的路上，诗人阿古拉泰那深情的吟诵："这里是白云的故乡／湖水像明镜一样闪亮／春光眷恋着花的原野／雪白的天鹅飞来梳妆"（《白云的故乡》），我方明白，草原诗人的胸怀为何会如此广阔。如果说"草原是凝固的大海"，那么"大海就是流动的草原"。经由乌兰毛都山地草原时，那毛绒绒的山，那绿盈盈的水，还有那晚霞映照下，满坡滚动的羊群和悠闲吃草的牛群，连我都陶醉了，更何况诗人呢。蓝天、白云、林海、湖泊、奇石、神泉……写到此，这一个个鲜活的字眼仿佛要从我的电脑屏幕里跳下来，欲去实地感受那森林草原的秀美与壮丽。

畅想的美，在哈拉哈河流淌。这是一条中蒙边境的界河，上游十多公里为暗河，在石塘林地下涌动，只闻流水潺潺，却不见河水踪影。蜿蜒的河水穿越了火山熔岩区，在茫茫林海一路向西，流经蒙古国，注入贝尔湖，又转呼伦湖。我是在玫瑰峰下走近哈拉哈河的，一山一水，任由我畅想并生出了惬意的翅膀。我从山下观赏玫瑰峰，在宁静中畅想到了雄奇二字。玫瑰峰是由十多座错落有致的山峰组合的群峰，因其山石呈红褐色而得名，其形奇伟雄浑、盘互交错，巍峨险峻，有若刺破青天的宝剑，有若身披铠甲的武士，有若气吞山河的奔马。

遥想当年，一代天骄成吉思汗的漠北铁骑就是从这片森林中走向了广袤的草原，西征东进拓疆，金戈铁马称雄。昔日玫瑰峰古道也定格为重要的军事通道。哈拉哈河川流不息的流水，不舍昼夜，可曾记否：1939 年，那场苏联与日本间的"哈拉哈河战役"（诺门罕战役）就在河畔打响，日军惨败，被迫放弃了"北进"的计划。他国军队在中国领土上肆意舞枪弄棒，这是历史的悲哀，好在祖国强大了，历史将不再重演。

仲夏之夜的阿尔山，宛若一座藏在原始森林里的古城堡。当我们的车子穿过了一片又一片白桦林，披着落日的余晖，驶入童话般的边陲小城时，一个遥远的梦方刚刚开始。一行人入住在阿尔山市政府宾馆，晚饭一过就随高洪波老师踏着夜色，走入了星光阿尔山。

几年不见，阿尔山变得更漂亮了。兴许是刚下过一场小雨，街面上橘黄色的灯光和蓝色的弧线街灯还带着湿漉漉的光晕，漫步于这座森林中的城市，注目着大街两侧清一色的仿欧建筑，那罗马式风情、哥特式风格的民居、客栈、美食店、咖啡屋，一经彩灯点缀，竟让我想到了安徒生笔下的童话小镇。难怪圣泉广场有那么多当地人和游客带着孩子在五彩虹霓的迷幻世界中，尽情地玩耍，孩子们开心成了家长们的最大乐趣。

高洪波是儿童文学作家，想必这种氛围也激活了他的兴趣点。他会弯下腰来，在粉色莲花灯下，与可爱的小朋友对话。这种场景，一路上，我见过多次，方陡然悟出，原来童心与年龄并非一定成正比的。不是吗？我的童年，就是听着孙敬修老爷爷的童话长大的。

阿尔山之夏，带有一种童话之美。我由此想到安徒生的故乡欧登塞就有一个童话小镇，在那儿可见到一间间具有丹麦风味的，虽说低矮，但漂亮的小木屋。在我眼里，但凡童话就离不开迷幻的色彩，阿尔山的夜晚就让我一步迈入了童话世界。圣泉广场里的彩蝶岛，呈蝴蝶展翅形状，其中的戏水池横跨整个蝴蝶翅膀尾部，为呈半弧形的浅水区，是夏日里孩子们嬉戏的好去处，欢歌笑语划破了彩色的夜空，也足以验证了这一点。

盛夏时节，凉风习习，小城平添了几分避暑的魅力。几个人转了一个大圈，又沿原路折回，一路说笑着，路过了一家新华书店，同行的那位女评论家打了声招呼，就先行走了进去。我和洪波老师正在交谈，眼见大家都往里走，也应了"羊群效应"法则，随之鱼贯而入。暑假期间，最畅销的当为儿童读物，在书店最显眼处摆放着一排由大百科全书出版的系列儿童读物，不知是谁一眼就发现了有高洪波的童话诗集《彩色的梦》，人们随即便围了上来。这首诗收在部编人教版语文二年级下册，影响力可见一斑。当书店的主人得知书的作者在此，大喜过望，恳请在书上题句话，以作纪念。洪波老师写下了"祝福阿尔山"几个字。

随即仅有的几本《彩色的梦》也成了签名本让人买走了。

阿尔山这家新华书店只有两间小屋，也许是中国最小的新华书店之一了，但却在夏日留下了让人回味的童话中的童话。那首诗写道："我有一大把彩色的梦／有的长／有的圆／有的硬／他们躺在铅笔盒里聊天／一打开／就在白纸上跳蹦……"一想到我外孙女开学就上二年级了，是不是也该有个《彩色的梦》签名本了。我的话还没好意思出口，洪波老师就善解人意地说："抽个时间带孩子过来，我送她个签名本。"

我开心地走出这家书店，深信童话的美，不光会让孩子们开心，还会让每一个步入阿尔山的人年轻了十岁。其实这并不足奇，只缘阿尔山本身就是一部最美的童话。

哦，阿尔山之夏，一个清爽心灵，珍藏美好记忆的城市。

我把心留在了这片迷人的土地上…

绵山有片未了情

　　绵山在我心中耸立了许多年，不光为绵绵的群山，还为绵绵的历史。而今，来到巍峨绵山，我心醉了：仿佛岁月的风云，抚摸着陡崖峭壁；仿佛历史的烟雨，淋浴着苍翠峡谷。于是，我想到了介子推，想到了李世民，想到了贺知章，想到了华佗，也想到了吕洞滨……

　　当"'晋商故里·家国晋中'作家行"的旅行轿车沿着盘山公路一路前行时，我远远看到那人间仙境般的龙脊岭。它像一个盘在大山里的巨龙，既气势磅礴，又凝眸不语地横亘于绵山北麓。也就在这道岭，我不禁想到另外一条远逝的人间蛟龙：一位因"割股奉君"，隐居"不言禄"，最终却由于晋文公重耳思过并报恩心切，为逼其出山而烧山，终酿与母一同殉难的介子推。有史书载，介子推母子相抱死于焦柳之下。以"春秋五霸"之一著称的晋文公闻之悲愤交加，追悔莫及，遂命厚葬其母子于绵山，修建祠堂，将环山之田作为祠田，又将绵山改为介山，将阳县改为介休县，以此示怀求念。至此，在介子推被焚的祭日，也就是清明节的前一天，天下禁烟火，只吃冷食，谓之"寒食节"。

龙脊岭有一尊介子推母子塑像，我走到银色塑像前，但见母亲端坐着，介子推伫立身旁，母子俩神态自若，目视远方，仿佛一看就是两千多年，这寒食节也随之绵延了两千多年。一个寒士之死，居然让历史平添了个节日，这让那些活着前呼后拥，死后灰飞烟灭的帝王将相情何以堪？至于后人有关介休绵山、翼城绵山，以及万荣孤山的真伪之争，都不甚重要了，历史人物的真实和历史文化的传承，这才是第一位的。介子推走了，却犹如凤凰涅槃，虽死犹生，他的气节，他的魂魄在龙脊岭也挺起了龙的脊梁，

游走在龙脊岭，远处传出山泉叮咚的击石之声，犹如春秋的青铜编钟奏响了历史的弦乐。我寻着水声望去，只见清亮亮的泉水从山石中流出，我走了过去，掬起一捧泉水，送入口中，甜丝丝，美滋滋的。来到绵山，当地老乡讲过这样一个传说，当年唐太宗李世民曾在绵山屯兵备战，适逢干旱，兵士饱受缺水之困。李世民寝食难安，夜半披衣甲，在龙脊岭上徘徊。忽见天边飞过双龙，披着霞光般的鳞甲，照亮夜空。李世民惊愕地看到双龙吐出圣水，宛若瀑布，流为神泉。从此，龙脊岭的泉水清澈透明，清爽甘甜。后人说这是浸染了双龙的精血始然。因附近有亭建于岭上，故名龙脊亭，也算享了双龙的甘霖了。

历史上，中华民族就是崇尚龙文化的民族，上至皇帝老子，下至黎民百姓，都将龙奉为神圣。绵山的龙脊岭蜿蜒曲折，就像绵延的卧龙，峰峰相连犹如龙脊耸起，一直伸向大山深处。唐太宗自诩真龙天子，自然对龙脊岭情有独钟，他曾在此兴建唐营。起因是：隋朝大业十二年，太原留守李渊乘乱入关中，直取长安，灭隋朝，建唐朝，改年号为唐武

德元年。唐朝时值初创，仅统辖关中、汉东一带，而周边诸侯割据，对新政权威胁甚大。武德二年，突厥所封定扬可汗刘武周率数万大兵南侵并州治所晋阳（今太原），又联合突厥军队，驻扎黄蛇岭（今山西榆次北），兵锋甚盛，先后攻陷榆次、平遥。危急关头，秦王李世民请缨讨伐，急行军进兵，夺取了度索原上最后一道险关绵山。李世民督修了唐营营门，设三道防线。在此安营扎寨，排兵布阵，与宋金刚在山下的度索原，一连七场苦战，大败宋金刚。在灭刘武周后，李世民再次依托绵山，经沁源，逾太行，入河南，为李唐王朝统一大业，也为后来发动"玄武门政变"筑牢了根基。是绵山的风，绵山的雨，目睹了这段历史，也沐浴了日后盛唐的辉煌，这也是龙的传人，千百年来，虽历经生死存亡之秋，却总能浴火重生的真实写照吧。

我置身于龙脊岭，但见浓云笼罩于深涧峭壁，古松苍柏之中，蜿蜒而列的城墙上，遍插古代旌旗、八卦旗、五行旗、龙虎旗，甚是威风。我举目四望，古吊桥门、督战台、前、中、后军帐，观星台、八卦寨门、瞭望台尽收眼底，迎面犹如吹来一股大唐威武雄风。 我沿石阶而上，犹如骑着一头飞龙傲游云端，远处莽莽苍苍，群峰拥翠，在九曲一线天的栖贤谷，只见两峰相望，烟寺相依，让我不禁联想到盛唐前期诗人贺知章。此公为人旷达不羁，自号"四明狂客"，有"清谈风流"之誉，晚年信奉道教，也与他两度游览道教名山有关。相传他六十岁时登临绵山，是与一位精通修道炼丹之术的道士同行。故绵山《大唐汾州抱腹寺碑》尚有贺知章"昔年与亲友俱登抱腹山数重"的题记。百余字中盛赞了绵山的奇险，也为他日后上疏唐玄宗请度为道士，求还乡里，舍本乡宅为观埋下了伏笔。

我绕到了绵山的东面，惊异地看到上百个岩洞位于山壁之上，其最大的岩洞竟建了个云峰寺。说起来此寺也与贺知章有关。我进了云峰寺才知晓，云峰寺始建于三国曹魏时期，原名抱腹寺，只缘建在抱腹岩里。抱腹岩奇就奇在岩洞形如两手抱腹，是大自然的鬼斧神工造就了世间奇观，竟将云峰寺二百余间殿宇收入"腹"内，将两千年历史文明融于其间。抱腹岩有一个高七十多米绝壁，由壁顶垂下两条铁索，形成每条长六十米的攀崖栈道，称之为铁索岭。遥想古人就是在万丈深渊和摩天绝壁的险境下攀爬上山的。

铁索岭的铁索和下方云梯悬于唐代之前，是贺知章当年登山的一道险径。故后人命名为"贺知章登山道"。相传他是先由寺僧用布把他拽到五十米以上的"棋盘洞"附近，攀百米云梯到云峰寺下，沿漫长的石阶到铁索岭下，手攀七十余米的铁索登上铁索岭，然后一鼓作气爬上海拔两千多米的摩斯塔。这段险路几乎都处于75度角的绝壁之间，形成绵山奇险的自然景观，与丰厚的人文历史相映成趣。我站在大罗宫前，望着依悬崖的建筑群落飞檐斗拱跃跃欲飞，望着悬崖上金黄琉璃顶的栈道蜿蜒似龙欲欲腾起，望着背后褐色绝壁刺破青天凌空峭立，不禁有种心灵的震撼。从抱腹岩的胸怀，到铁索岭的古道，一奇一险都在昭示着一种不畏艰险的精神传承，一种充满诗意的文化传承，贺知章若九泉有知，也当如李白梦游天姥所思所想，"熊咆龙吟殷岩泉"了。

绵山最早的宗教建筑虽出自于佛家的云峰寺，但绵山最宏伟的宗教建筑却是道教的大罗宫。我站在不同角度观察这座高悬于崖壁之上的宏伟建筑，体味到大罗宫的建筑美和气势美。十三层一百一十米高的宫殿，群楼高耸，层楼迭阁，青墙金瓦，大柱盘龙，有道教殿堂六十余座，有神像六百余尊，难怪有"天下第一道观"之誉。游走在寺庙道宫之间，我联想到龙文化与佛教道教那种割不断的联系。儿时读《西游记》连环画，就沉迷于唐僧师徒西天取经，屡次出现了"龙宫""龙王"的故事。长大后，始知晓原来华夏的龙文化，还与佛教中的"龙宫"和"龙王"相互关联。

其实古老中国的龙崇拜，最初并不包含"龙王"崇拜。汉代之前，只有"龙神"，而无"龙王"。龙王是佛教传入中国后引进的。佛经中龙王名目繁多，如《妙不莲花经》曰："龙王有八，一为难陀龙王，二为跋难陀龙王，三为娑伽罗龙王，四为和修吉龙王，五为德义迦龙王，六为阿那婆达多龙王，七为摩那斯龙王，八为伏钵罗龙王。"中华龙文化之所以源远流长，也与封建王朝的统治者与儒家和道教学说极力宣扬龙的至高无上和顶礼膜拜密切相关。历代皇帝都喜欢称自己为"真龙天子"，将其打造为龙的化身。佛教传入中国之后，道教也将佛教的龙王学说加以改造，形成道学的龙王信仰，称之为天龙王、四海龙王、五方龙王等。后来，龙王又融入民间，无论江河湖海，渊潭塘井，但凡有水之处，就有龙王。大江南北，龙王庙林立，水旱丰歉，都有求于龙王。我在绵山行走，也随处可见这种龙文化的遗踪。

从远处眺望绵山，犹如一条苍龙蛰伏于晋中腹地；从近处欣赏绵山，鬼斧神工的悬壁、浩渺连天的翠柏、飞流直下的瀑布、悬于崖顶的神泉都有一段龙文化的传说。如"回头望柏龙"就是绵山中岩景区的一大奇观，这棵千年龙柏，横挂悬崖绝壁上，远远望去有龙头、龙角、龙尾，嘴上长着的叶片又似龙须，十分传神。类似的还有抱腹岩顶的"五龙松"，水涛沟的"五龙神树"，还有以龙命名的"龙池泉""龙头寺""五龙殿""五龙飞瀑""五龙深潭"……

绵山之美，不光美在圣泉奇岩、水涛飞瀑，也美在久远历史、古老传说。绵山有说不完的神奇，讲不完的故事。是绵山的灵气吸纳了众多古代圣贤前来修行养生，仅以名人命名的的修行洞就有伯子常、华佗、汉钟离、吕洞宾等十余处；是绵山的风光吸引了无数历代名仕名儒流连忘返，像张良、魏征、令狐楚、贺知章、文彦博、刘伯温等都题有碑文和手迹。睹物思人，绵山之美，绵山之奇，给我带来无尽的遐想：绵山，一条蛰伏了千百年的卧龙也昂起了高昂的头，欲与天公试比高！

我行走在架在小溪之上的栖贤谷悬桥上，看脚下流水潺潺，听头上百鸟鸣潭，望远山群峰拥翠。转瞬间，仿佛云海彩霞、佛光神灯、石碑奇石、古藤奇树都排着队向我涌来，那里有介子推的目光，有李世民的气势，有贺知章的诗行，诉说着龙的传人，龙的气节，龙的传承……我在想，历史给了绵山无量的厚爱，使其集三山五岳之雄风，集中华传统文化之大成，绵山可谓一卷久读不厌的书，不光是历史风云的见证者，也是中华历史文明的缩影。

在祖国宝岛台湾的北端，有一座风光秀丽的阳明山。阳明山位于台北市近郊，因多生茅草而原名为草山。后来，蒋介石退守台湾，选择这里做行宫官邸，却忌讳草山有落草为寇之嫌，就以其偶像之字改称"阳明山"。阳明山虽与车水马龙的台北近在咫尺，却有种世外桃源之感，在万木葱茏的大山中间，当为台湾的旅游观光胜地。

既然是旅游胜地就少不了名人的楹联题记，在台湾久负盛名的现代书画家、文学家、实业家陈定山就在此地留有一副状景名联：

水清鱼读月

花静鸟谈天

从这副十个字的楹联里，人们就可以看出撰联者的才华横溢，仅寥寥数语就将阳明山的清幽雅致和山水风情跃然纸上。上联写了水、鱼、月，下联写了花、鸟、天，将阳明山水陆两种不同的景观，用衬托和比拟相结合的艺术手法，生动地描摹出来。

　　"水清鱼读月"，以水之清，来突显鱼之"读月"。这个"读"字绝对是绝妙之笔，一下子便将阳明湖写活了。读上联，可以让人想象到阳明山的湖光水色。一泓流淌的清泉，一清见底的湖水，精灵乖巧的游鱼，成群结队地在观赏天空的一轮明月。作者把鱼儿比作了人，赋予鱼以灵性。"鱼读月"就是对鱼在水中活动情形的形象比拟，好象鱼和人一样会"读月"。"鱼读月"为动，"水清"为静，这一动一静，相互衬托，巧妙结合，又反过来强化了对水的清澈程度的渲染，足以看出了作者的才气。

　　"花静鸟谈天"，以花之静，来突显鸟之"谈天"。这个"谈"字，同样是神来之笔，马上就将宁静的阳明山写活了。读下联，可以让人感受到阳明山的山林风光。一个风和日丽的天空，一片姹紫嫣红的花海，在幽静的环境里，连鸟在花丛中"谈天"的窃窃私语也听得清清楚楚。"鸟谈天"就是对花海中的鸟鸣声作了拟人化的处理，同时也对繁花似锦的幽静景色进行了细致的描述。这一静一动，以动衬静、动静结合的艺术技巧，使这副楹联充满诗情画意。

　　这副楹联上下联的第二个字分别为"清"和"静"，合起来就是清静二字。这便是楹联的藏字手法。所谓藏字，即是将要表达的意思用字藏入联内，让人细心琢磨，慢慢思索。这里面包含两层含义，其一是对阳明山清幽深邃和世外桃源的感觉的总结，客观上起到了画龙点睛的效果，其二，披露了作者的内心世界，在经历大半生的奋斗，在暮年之际产生一种贪求清逸和超脱世俗的思想情感，也是很正常的。

陈定山早年在上海，步父后尘踏上文坛，以言情小说见长，著有《怪指环》《欧洲各国宫闱记略》《嫣红劫》多种，也是上海《小说月报》《申报》副刊《自由谈》的主要撰稿人。1948 年赴台湾，在多所大学执教。陈定山才华横溢，富文翰，解音律，诗文、词曲、书画、戏曲、小说，无不精通，著作甚富，对楹联艺术也有很深造诣。晚年的陈宝山寄情山水之间，对阳明山也是情有独钟。他的这副楹联，不光文辞优美，笔法考究，寓意深刻，对仗精工，而且在区区十字联语中，充分运用了衬托、比拟、藏字多种艺术技巧，除却他的文学功力之外，阳明山的"清"与"静"的灵气也激发了他创作的灵感。

无独有偶，阳明山的灵气，还与一位晚年定居台湾的文学大师林语堂有关。林语堂一生流离颠簸，早年留学美国和德国，上世纪 20 年代曾先后在清华大学、北京大学、厦门大学任教，30 年代就在中国文学界享誉盛名，创办了《论语》《人间世》《宇宙风》等杂志，创作了《京华烟云》《啼笑皆非》《人生的盛宴》《生活的艺术》《浮生六记》《苏东坡传》等文学经典。1948 年，林语堂赴巴黎出任联合国教科文组织艺文组主任，1954 年赴新加坡筹建南洋大学，1966 年漂泊了大半生的林语堂回到台湾岛定居。据说蒋介石还曾召见林语堂，欲任他为"考试院"副院长，可他很坚定地谢绝了。他把最后的一个家安在了阳明山的半山腰，只缘这里的"清"与"静"。用他的话来说，这里可以远眺观音山景，俯瞰天母、北投。可亲近树梢枝头，和上面的鸟声虫鸣。适合冥想，将尘嚣及俗世都踩在脚下。

这不禁让我联想起了东晋末年的归隐诗人陶渊明，也是一生流离颠簸。他做过江州祭酒、建威参军、镇军参军、彭泽县令等官，也许是当官当腻味了，最后一次出仕彭泽县令，仅仅两个多月便辞官而归隐田园。有《归园田居·其一》为证："误落尘网中／一去三十年／羁鸟恋旧林／池鱼思故渊"。可见古今文人雅士归隐山林，图得就是"清"与"静"两个字。林语堂的归隐也是有"规划"的，他说：他说："我要一小块园地，不要遍铺绿草，只要有泥土，可让小孩搬砖弄瓦，浇花种菜，喂几只家禽。我要在清晨时，闻见雄鸡呜呜啼的声音。我要房宅附近有几棵参天的乔木。"细细品味，这是不是也几分鸟恋林，鱼思渊的意境呢？

起初，林语堂在阳明山上租了一幢白色花园住宅，推窗望景，自是非常喜欢，便欣然为自己在白屋斜对面的山坡上，设计了一座秉承北京四合院结构，又融入西班牙建筑风格的建筑。远远望去，那蓝色的琉璃瓦搭配白色的粉墙，之上嵌着深紫色的圆角窗棂，是中国风，近在咫尺，从西式拱门步入，那幽雅长廊中的西班牙式螺旋廊柱，是西洋风。

古往今来，文人雅士的"清"与"静"，大都与爱竹，爱石，爱垂钓有关。宋代大诗人苏东坡不但善画竹，还爱竹，曾曰："宁可食无肉，不可居无竹，食无肉则瘦，居无竹则俗。"（苏轼《于潜僧绿筠轩》）。清代大作家浦松龄不仅赏石，还爱石，在《石谱》一书中，就非常详细记载了一百多种奇石的形态、色泽、声韵及产地和鉴别方法。至于爱垂钓的名人就更多了，像春秋时期借钓鱼让愿者上钩的大谋略家姜太公（姜尚），像写下《独钓寒江》名篇的唐代大文豪柳宗元……林语堂在阳明山效法先贤，在自家中庭一角用翠竹、枫香、苍蕨、藤萝等植物萦绕起用奇特石头垒造的小鱼池。他平时喜欢坐在池边大理石椅上，悠哉享受"持竿观鱼"之乐。友人深得林语堂"清"与"静"之道，故以楹联相赠："文如秋水波涛静，品似春山蕴藉深"。

多少个清晨，他就站在自家阳台上，凭栏远眺绿树掩映的山峦与花鸟共舞；多少个夜晚，他就走在自家的长廊里，闲庭信步于翠竹花丛间，惬意观赏池塘晃动的鱼影。这别有一番"清"与"静"与陈定山先生笔下的"水清鱼读月，花静鸟谈天"，又是何等相似！

写到这儿，我就在想：为何许多出仕入仕的文人，前半生踌躇满志，挥斥方遒，以致指点江山，但却在流离颠簸大半辈子，到最后都会选择"清"与"静"的生活方式呢？壮志未酬乎？心灰意冷乎？我想来想去，兴许如此。譬如宋代爱国诗人辛弃疾"醉里挑灯看剑，梦回吹角连营"，当属壮志未酬；譬如东晋大文学家陶渊明"归去来兮，请息交以绝游。世与我而相违，复驾言兮焉求"，当属心灰意冷。但追求一"清"一"静"的境界，也并非都因如此。很多时候，文人的"清"与"静"，还与文人的气节有关。林语堂故居有一块横匾"有不为斋"就挂在书房里。据说，这块横匾跟随了他大半生，早年挂在上海居所，后随他去了美国，最后才落脚到台湾的阳明山。此"有不为"是指不为官。他说过，有的文人适合做官，有的人就不适合，他是后者，"惟与文房四宝为老伴，朝于斯，夕于斯。"难怪，当年"蒋公呼来不上船"。我想，这就是人们所说的"文人风骨"吧。

我是西盟山间一朵云

那天一大早，我和几个作家朋友离开普洱思茅，一路向西南，朝中缅边境线上的西盟出发。白云朵飘在路上，火焰花绽在山崖，一路沉迷于普洱美景，一路吮吸着百里茶香。恍然间，我仿佛也变做了山间一朵云，融于眼前的诗情画意中了。

车子行进在曲曲弯弯的盘山路上，一股沁香透过车窗涌进来，甜丝丝的。放眼望去，数十丈深的大峡谷，完全为连绵的葱绿所掩映。山崖下那些碗口粗的翠竹，竞相争宠于温煦的阳光，都齐刷刷地昂起了头，笔直地刺破了青天。我看天是瓦蓝瓦蓝的，看云是雪白雪白的，置身于蓝天白云之下，心情那叫个舒坦，想不愉悦都不成。

远方一片云雾缭绕，像一条条白色的哈达缠绕在山峦之颠，想必那里就是《阿佤人民唱新歌》的诞生地"西盟佤山"了。在大巴行进中观佤山云海，自是别有一番情趣，乳白色的朝雾，深深浅浅，将山峦变得若隐若现，随着车轮的颠簸，极目之处，裸露出的山尖似乎也在抖动，像是一个个跳动的音符。

远处有望不断的绿色，闪现在渐渐散去的云雾中，随着地势的起伏，一层又一层地从云中剥离出来，有层层叠叠的梯田，有郁郁苍苍的竹林，有绿叶肥硕的芭蕉，也有建在山腰的竹楼村寨……

　　近处也有看不完的风景，在万绿丛中，金山茶树花开了，金盏煜煜，开得耀眼，开得娇艳。火焰树的花也开了，花色猩红，开得热烈，开得硕大。还有那些叫不上名字的野花，红的、粉的、黄的、蓝的、紫的，天女散花似的点缀在碧野之上，在薄雾里欲遮还羞的样子。

　　兴奋之余，我把拍的云中风景照片做成九宫格发到了朋友圈，没过多久便迎来点赞一片。高洪波老师发来留言："我们四十师当年的驻地，老滇军问候。"洪波老师对云南感情很深，总爱回忆当年的军旅生涯，也许是照片又勾起他的情思，他又在微信说："公刘当年诗歌的标题为：'西盟的早晨'。"记得当年公刘先生在这首诗中写道：我推开窗子，一朵云飞进来——带着深谷底层的寒气，带着难以捉摸的旭日的光彩……我人在车上，恰好遇到一朵云贴着山峦朝这边飞过来，此情此景，再吟此诗顿感分外亲切，当下便回复："谢谢洪波老师，我们正沿着澜沧江行走，一路翠绿，染绿了心田，对岸的高速路明年也该通车了。"

　　西盟是普洱市最小的一个县，人口还不到十万，我们行走的阿佤山区与缅甸佤邦接壤，也是佤族的发源地，那是一个生活在云中的民族。小谢这个四川妹子在普洱定居十年，已深深喜欢上了这个白云飘飘的地方，她告诉我："我在佤山看云海，看得简直入迷，这个云海在凌晨时分开始形成，一直持续到第二天的十一时，乳白色的云雾才渐渐消散，那种感受真是美极了。"

"是吗？"我将信将疑。我印象中，看云是要到山野湖泊去看的，到城里去看云，我还头一次听说呢。当大巴驶入勐梭时，我释然了。原来这座云霞宠爱下的边陲小城，竟如此美丽。勐梭之美，美在蓝天白云之下，原生态的生活情趣和浓郁的佤族风情。街边我遇到的每一个阿佤人都会对你微笑，那会微笑的眼睛是清澈的，像澜沧江的流水，像阿佤山顶的蓝天。

勐梭的晚霞很迷人，天边的云朵染着七彩霞光，宛若阿佤人的服饰那般多彩。霞光均匀地落在沿街的绿荫和花丛中，为其抹上一道道迷人的光彩。勐梭小城的建筑多以赭石色为基调，充溢着佤族传统的干栏巢居元素。几乎每幢楼房都描绘出或简约，或绚丽，或夸张的图案，像长着弯弯长角的水牛图腾，像阿佤人用的长刀和木鼓，都犹如岩画般地绘到各种建筑上，远远望上去，小城俨然变成了一座巨大的艺术博物馆。

勐梭城之小，小到没有一盏红绿灯；勐梭街之窄，窄到只有两车道。但小城带给我的感觉却很舒服，没有大都市的拥堵，也没有闹市里的喧嚣，有的只是佤城原生态的宁静与安恬，联想到我先后去过欧美日等十几个国家，还一度认为阿尔卑斯山下的瑞士小城最美，这次看到这座神奇小城，领略了佤城奇幻的风情，我的看法动摇了……

勐梭的南部是勐梭龙潭湖，与35公里外的缅甸龙潭水脉相通。傍晚，我们一行人踏着晚霞的余晖，行走在环潭小路上，一边是汪汪碧湖，一边是郁郁雨林，李根倒挂的千年古树，枝蔓攀附的长长藤葛，连同蟒蛇谷、盘须岩、祈雨洼、猴子崖、仙石凹、千指树、树包石、缅寺、观碧亭等大大小小景观，相互映衬，让人沉醉于大自然的鬼斧神工之中。

小谢说，曾几何时，佤族这个古老的民族还生活在原始社会末期、奴隶社会初期。从竹木草屋，到一个火塘一口锅组成的厨房；从一开饭就离不开的野菜野果野鱼，到蒸菜火烤肉食；从节日祭祀采用人头的习俗，到日后用剽牛来替代。这种状况一直持续到1956年，阿佤人才从原始社会末期、奴隶社会初期，一步跨入到了社会主义社会。小谢指着湖对面说："就在那座山上，如今还挂着几千颗牛骷髅头呢。"我听了，良久沉思：在西盟，难怪我见到的每个阿佤人，脸上都挂着甜美的微笑，那是他们发自心底愉悦，每一张脸，就是一张幸福的名片啊。

我们入住在紧邻勐梭龙潭的西盟熙康酒店，推窗便可看到一泓天然淡水湖泊，龙潭湖像是一顶大蘑菇，生长在热带雨林之中，每日都在享受飘过来的云朵亲吻。当晚，我兴奋了许久，仿佛是枕着西盟的云朵和龙潭湖的碧水进入梦乡的。

次日清晨，我老早爬起来，只为一睹勐梭龙潭的云海。我站在二楼餐厅的长廊上，俯瞰近在咫尺的龙潭湖。远山在熹微晨曦中，披上一层层薄纱，几分神秘，几分迷离，几分朦胧。那云层由浅入深，飘逸着绕着峰峦缓缓地游走，几缕霞光油画般地在天边涂抹上淡淡的色彩。云雾中的勐梭龙潭也由一顶硕大的蘑菇化作了一朵美丽的雪莲，但见乳白色的轻雾小心翼翼地遮盖了湖水的碧绿，似乎是怕惊醒了龙潭的美梦。湖边有几个佤族的美少女嬉笑着沿着湖边行走，那黑红相间的裙裾在微风中摇曳着，像云中下凡的湖中仙子到了人间。好多作家都放下碗筷跑到长廊边，抓拍这难得一见的云中风景。楼前那棵十几米高大棕榈树，伸展开芭蕉扇般的叶子，在云雾中晃动着，似乎在对人说："来吧，快来看云喽，我远方的客人！"

岳麓山的风声

岳麓风声，从何而来？我无从知晓，又真真切切，仿佛一夜间吹拂了上千年。甲辰年承蒙春风不弃，送我去拜谒岳麓书院，那风送上了缕缕墨香，顿生出学子朝圣之感。岳麓书院南依衡岳，西临湘水，掩映于茂林修竹间。清代文人罗文俊所作《游岳麓记》，描绘了如是胜景："至书院。规模壮阔，丹艧炳焕，书声朗朗彻院外"

那天下午，一团团浓云在头上飘，却没见落雨。我从岳麓山脚下拾阶而上，云雾山中，也大受此言感染。远远听上去，那朗朗读书声似乎在我耳畔吹过，那可为南宋乾道年间岳麓书院的盛况？张栻掌教岳麓，与朱熹珠联璧合，一时引得儒林名人会同千余从游之士八方云聚。眼下那深宅大院的灰砖白墙青瓦，尽染岁月沧桑；那院中天井里的古枫盘根错节，长满绿苔；那园林的曲涧鸣泉，涓涓幽韵，似在倾诉百年树人的悠悠岁月。

岳麓风声如天上飘来的诗行，悠然飘荡书院的绿林中。每棵树都仿佛听惯了朗朗的书声，每个张叶片好像也都听懂了似的，在伴着风声摇曳，簌簌地会意作响。这曼妙的风声，时而轻柔如呢喃，时而激越如奔流的湘水，让我沉醉于多情的风声里。

我远远见到书院那木构山门前的集句联："惟楚有材，于斯为盛"。先前对这副联语多有不解之疑，岳麓书院地处湘地，何以言楚？"惟湘有材"不好吗？说到楚，人们自然联想到楚人屈原和汨罗江，但这与治湘兴学的朱熹和湘江又有何瓜葛呢？此番到湖南，一番游走后方了解到，楚人屈原与湘人湘地确有不解之缘。屈原投江之处的汨罗江是湘江在湘北最大支流，同为洞庭湖水系。据《史记·屈原贾生列传》载："屈原遭受长期放逐，行吟于沅湘泽畔，楚国郢都被秦军攻破，于是'怀石自投汨罗江以死'。"沅湘本为沅水和湘水统称，亦指湖南。遥想当初屈原被放逐于此，诗人披髮行吟，望沅湘之水浩渺迷茫，眼见楚国破碎，肝肠寸断，遂于公元前 278 年农历五月初五日，在如今岳阳汨罗的河泊潭投江殉国，也正是这舍身成仁的一跳，惊醒了无数梦中人。从此那不舍昼夜的汨罗江，宛若一条文化纽带，延续了源远流长的湘楚文化。

岳麓的风声如遥远的古乐，宛如"关关雎鸠"，鸣响过学府的飞檐，那是国风的呼唤，那是中华文明的乐章，犹如古老的民谣，在岁月的湘水中流转。从《诗经》的意境，到《离骚》的深邃，我从岳麓风声里感悟到湘楚文化的厚重。

岳麓书院的文脉可追溯至久远的《楚辞》。大诗人屈原长期流放湖南，在湘西北度过了愤懑而忧伤的后半生，他的《九歌》源于楚地巫风和民间祭祀，也融入了湖南景物和神话传说，譬如《九歌·湘夫人》就以湘君的口吻抒发了湘水男神对湘夫人的怀恋之情。想必楚辞文风对后来的岳麓兴学也起到了点石成金的促进功用。

走在纵深多进的院落里，我领略到岳麓书院的莫测高深。头门、大门、二门、讲堂、御书楼，一条笔直的中轴线，串起书院的千年文脉。在岳麓书院头门南侧有个圆形池塘，池中筑圆型尖顶草亭，周边翠柳环绕，水映柳影，人言有"柳塘烟晓"之妙；往里就见宋真宗御赐的"岳麓书院"门匾了，金字金框，笔力浑厚；再里行还有副气势恢宏的对联："地接衡湘，大泽深山龙虎气；学宗邹鲁，礼门义路圣贤心"，道出了书院藏龙卧虎的文墨之气。我想岳麓书院的魅力绝不仅仅是座历史悠久的学府，而在于前无古人的办学理念和积厚流光的文化传承。

岳麓的风声如晨曦中的轻语，轻轻吹过耳边，好似雨打芭蕉的低吟，又好似溪流潺潺的音符。在书院八景之一的曲涧鸣泉，几点桃花，几片竹叶落入水中，我似乎看到有位宋代先人择青石而坐，默吟着触景生情的诗："流泉自清泻，触石短长鸣。穷年竹根底，和我读书声。"这位先人大名张栻，做过岳麓书院的院长，想必对此景早就情有独钟了。

岳麓书院的溪水，源自于岳麓山，山中水流，顺涧而下，自古有之。在溪边读书，感受清风拂动，这水声、风声，伴着读书声，自来就很有诗意，再加上岳麓书院本身的魅力，就更令人刮目相看了。故尔千百年来，岳麓书院成了莘莘学子梦寐求学的圣地。

我踏着厚重的石板小路，走进了岳麓讲堂。北宋开宝九年（公元976）岳麓书院创建之初，只有"讲堂五间"，历经沧桑岁月，方逐渐发展到了如此规模。讲堂檐前悬有"实事求是"匾额，源于《汉书·河间献王刘德传》，为民国初期湖南工专校长宾步程所撰，道出了书院办学的真谛。讲堂大厅中央是康熙皇帝御赐的"学达性天"的鎏金木匾，意在弘扬理学，加强自身修养。讲台上方为乾隆皇帝所赐"道南正脉"匾额，首肯了书院的正宗源流。讲台下方敬落两把宋式红木椅，一把归朱熹，一把归张栻，以示两位大师平起平坐，不分秋色。陡然间，我犹见朱张坐拥岳麓讲坛，口若悬河，声似洪钟，台下数千弟子静静聆听。那会儿弟子听课是不能坐享凳子的，都自带蒲团，席地而坐，以示对师长之敬，在这儿连岳麓的山势都能彰显出师道尊严。岳麓风声若有记忆，定会发现大师登讲堂，"一时舆马之众，饮池水立涸"。那个圆形池塘也被后人称之为"饮马池"了。

岳麓的风声如山溪的一脉清波，将知识的甘泉，缓缓流入到读书人的心田，她随风潜入夜，她将润物细无声，就宛若吹香亭的风荷晚香，滋润了一代又一代意气书生。岳麓书院头门外的北侧，有一个黉门池。"黉"与"红"同音，意为"学校"。这片书院门口边的水池中，建了一座"吹香亭"，只缘池中生满荷花，每逢荷花盛开的夏日，徐徐晚风将淡淡的花香吹向在亭中苦读的学人，怎能不让人联想起"出淤泥而不染，濯清涟而不妖"荷花品质？

我携多番慨叹步入书院西门，伫立在香樟古树旁，岳麓风声下，片片绿叶在轻轻摇曳。抬眼古树参天，四人方能合抱，人在圣树之下方知其渺小。据清代《岳麓书院续修志》所述，那棵830岁高龄的古树为朱熹亲手栽的"朱子樟"，时间定格在1194年。那一年这位南宋理学大师受命出任知潭知州兼湖南路安抚使。他到任后兴学重教，改扩建了岳麓书院，并拨冗亲临授课，将岳麓书院打造成南宋四大书院之一。

那边有好大一棵古树，树冠遮天蔽日，树干斑驳嶙峋，树根青苔如茵。岳麓书院虽历经战火，也曾七毁七建，但依旧像那古树存活了下来。岳麓古树有记忆，岳麓风声有记忆：张栻、朱熹、王阳明、王夫之、魏源、曾国藩、左宗棠、毛泽东、何叔衡、蔡和森……一个个闪光的名字，宛若夺目群星，构筑了岳麓书院的璀璨星空。

傍晚时分，我跨出岳麓书院西门，抬眼望，不远处就是爱晚亭了。远远望去，此亭坐西向东，三面环山，亭正面额"爱晚亭"三个鎏金大字为毛泽东手书。携着晚风，踏着小路，我来到爱晚亭下，但见这座古典园林式的亭子，是传统的重檐四角攒尖顶构造，覆以绿色琉璃筒瓦。从不同角度往檐角看去，都是向上飞翘的，俨然像展翅欲飞的大鸟，有种跃跃飘逸之感。登上爱晚亭，内四柱为圆木丹漆，外檐四柱为整条方形花岗石制成，紧连着白玉石护栏，且与亭内彩绘藻井相映成趣。亭内上方有一横匾，镌刻有毛泽东《沁园春·长沙》手迹："独立寒秋，湘江北去，橘子洲头，看万山红遍……"

我在横匾前良久沉思，早在1913年春，毛泽东考入湖南省立第四师范学校，次年湖南四师合并到了湖南省立第一师范学校，他在这里度过了五年半学习时光。当时湖南一师汇聚了杨昌济、徐特立、方维夏、黎锦熙等一批名师大家，而杨开慧就是杨昌济的女儿。有暇时，毛泽东常约蔡和森、陶斯咏、杨开慧等去橘子洲头看漫江碧透，百舸争流；到岳麓山纵论古今，探寻真理。岳麓山东麓的爱晚亭也留下了毛泽东和杨开慧相依相伴的身影。1920那一年，他俩相爱了，成为了志同道合的战友和爱人。

岳麓的风声如清风峡吹过来的清风，带着几分历史的厚重，为爱晚亭抹上金黄的色彩，岁月浓缩的色泽，在倾诉着风中的故事。爱晚亭还清晰地记得，这座建在岳麓山脚下的书院，是世界上最古老的学府之一。那儿的每一块碑石，每一片筒瓦，每一棵古树，每一缕墨香都闪烁着岁月淬炼的绵延学脉。

我登上爱晚亭，满眼葱茏滴翠，山花在风声中摇曳，绿叶在风声中跳动。放眼岳麓书院，历史与文化在此交汇，才情与风骨在此共生。端坐亭子一隅，似乎时间在那一刻凝固了，我的心灵得到了净化和宁静。

我伫立于春日的爱晚亭，远眺云雾袅袅，漫野碧绿，春花初绽，倏地感受到了岳麓风声在耳边萦绕。"停车坐爱枫林晚，霜叶红于二月花"，杜牧的千古名句，也在那一刻闪现在脑海中。虽说春日无缘观赏秋日那漫山的红叶，但是那遍野怒放的山茶花也是红艳艳的，感觉真好。

岳麓的风声如萦绕竹林间的小夜曲，从山峦的那一边飘过来，带着湘江翻卷的浪花，还带着花墩坐月的惬意。遥想千年前的皎洁月色，银河疏朗，晚露清凉，书生独坐，看一方弯月，虽缺犹美。

我眼前浮现了一幅画：曼妙书院，晚风习习，空旷庭院，铺上一地碎银般月色，倚栏望月，月光与星光交汇，晚风与亭榭窃语，心地自然会清朗起来，思想也自然会深远起来。于是乎，清代有位书院的学子蒋鸿便写下了以《花墩坐月》的诗句："良月花阴静，庭空皎月浮。境悬心朗朗，人定意悠悠。玉露清如濯，银河淡不流。栏杆风细起，虚室已澄秋。"

岳麓的风声如隐形的音乐师，轻轻地弹琴起不同时代的乐章，时而激情，时而婉约，时而悠扬，时而狂放，时而深沉……山谷中，她是山泉的叮咚声，激起了一簇簇雪浪花；庭院内，她是雨打芭蕉的节奏声，唤醒了一阵阵蛙鸣；讲堂里，她是学子的朗读声，飞向了一个个梦想远方。此刻身在岳麓山，诗意和远方交替闪现时，又会引发多少隔空的遐想？

我在岳麓书院参观时得知，毛泽东当年所在的湖南一师是创建于1903年的湖南师范馆，其前身是城南书院，与岳麓书院仅一江之隔。后来师范馆与并存的城南书院合并为湖南师范学堂，后又改称为湖南省立第一师范学校。如此说来，岳麓书院，与湖南一师还有着姊妹学校的渊源呢。钟灵毓秀的岳麓山，此时在我心中已不仅仅是一方风景了，就像那北去的湘江水，逐随着历史滚滚向前。身边萦绕的是交错的时空，眼前回旋的是历史的足音。山河依旧在，几度风雨骤。

岳麓的风声宛若大自然的交响乐，从我耳边奏响。偶尔像悠雅的古琴，行云流水，如梦如幻；偶尔像柔美的长笛，灵动飘逸，清若甘泉；偶尔像激越的钢琴，奔腾如潮，跨越关山。岳麓的风声在山峦的上空飘过，像晨风吹拂起古老的歌谣，还带有"饮马池"的涟漪。岳麓的风声伴着湘江翻卷的浪花，像风华少年的激扬文字，还带有激情岁月的足音。岳麓的风声踩着时代的铿锵鼓点，像一往无前的马蹄声，还带有与时俱进的呼唤。

天公真的很作美。临别时，天空倏然飘起绵绵小雨。我回望岳麓书院，从绿荫掩映，灰砖白墙青瓦的建筑群落里，从那丝丝沥沥的细雨中，我恍然听到了千年学府传出的风声、雨声、读书声，还有那一方热土走来的人们，迈向未来的脚步声……

白云端的永和梯田

我站在观景台上，在白云缭绕间，看到一幅永和梯田的水墨画，层层叠叠，郁郁苍苍，分明是一幅用汗水砚墨，用智慧挥毫的壮美长卷。一道道梯田，犹如一层层涌起的波涛，成排山倒海状，大有让我倾倒的磅礴气势。那黄土的本色，让我想起一路观赏的奔腾的黄河；那绿色的植被，让我想到永河人冲天的豪气。陪同的友人指着前方告诉我，这片连绵望不断的梯田有 6 万亩之多，大多是永和人近年间由坡地改造而修成。我闻之心头一振，真了不起，好一个巧夺天工的浩浩工程！我四下环顾，但见一层又一层的郁郁葱葱，带着乾坤湾的神韵，铺展在万顷黄土高坡，伸向飘着白云的山野。哦，多美的黄土地，多美的永和梯田。

我情不自禁想到云南的元阳梯田，与新兴的永和梯田堪称相得益彰，那可是哈尼族人祖祖辈辈留下的杰作。1300 多年的精典传承，造就了南国秀美的田园风光。当初，我居高远眺，久久流连于那片神话般的仙境里，陶醉于云中梯田那一方红土之间。而今，我又久久流连于这片神奇的现实中，沉醉于云中梯田这一方黄土之中。哦，一方红土，一方黄土；一片脱胎于历史，一片衍伸于现实；一个生于南国，一个根植北国，这一南一北两大梯田，有各自的特色，又有各自的美丽。

世人知元阳者梯田众，知永和者梯田寡矣。就我而言，来永和之前，也并不知晓在绵延的黄土高坡上，还有如此出神入化的黄土地。春日，"周末散文五人行"以延安为起点，沿着当年红军东征的路线，东渡黄河，来到山西永河采风，在参加了当地盛大的槐花节，游览过壮美的乾坤湾，参观过红军东征纪念馆后，主人盛邀我们去看一下他们的永和梯田。我当时还有点怔然，暗自思量，永和梯田会是个什么样子？

当我乘车远远看到永和梯田尊容时，我释然了。车子沿着新修不久的盘山公路前行，犹如行进在山水画卷中。星罗棋布的梯田，一片连着一片，宛若手挽着手，在迎候远方的客人。一坡坡梯田，逐随着山势而兴，或大或小，或高或低，黄色的基调，绿色的覆盖，像金色的阶梯之上，铺上了碧绿的地毯，横看似烟波奔涌，侧看如玉鳞斑驳，直看得我激情荡漾，一时冲动，竟脱口而出"狂言"："我要写写永和梯田！"同车的作家李培禹立马"添油加醋"地说："诸位听好了，这个题材，剑钧写了，你们就别惦着了。"我顿时有种"骑虎难下"的感觉，好在我与永和梯田一见如故，是发自内心的喜欢。

大大小小的梯田从山脚盘旋而上，如游龙走蛇缠绕山梁，绕了一圈又一圈，还有那漫山遍野盛开的槐花，像是给永和梯田扎了一道道彩虹门，看得我是心旷神怡。这一切完全颠覆了我对黄土高坡的印象了。

车行至永和梯田之前，一路目睹了沟壑纵横、梁峁起伏的永和地貌。绵延十几公里，竟然见不到一个村落，也寻不到一个窑洞，那里大都植被很差，光秃秃，难觅一丝绿色。当时我就在想，大自然的鬼斧神工在造就黄土高原独有的地理风貌时，也带给这片土地荒凉与贫瘠。千百年来，受风雨侵蚀，裸露出风化的黄土层，骨瘦嶙峋，给人带来几分幽远的苍凉。

我将头探出车窗，看到眼前的一切，不由生出几分沉重。就在这时，我惊异地发现，不远处的孤崖钻出了一枝无名花，开在寸草不生的陡坡，枝繁叶茂格外惹眼。我迅即用手机拍下那枝花，很想知道它的前世今生，是如何生存，又如何盛开的。友人告诉我，大自然就是这般神奇，旺盛的生命力也许就出自植物坚韧而耐旱的基因，当许多花草树木由于土地贫瘠和缺水，没有生存空间时，它却可以破土而出，迎风绽放，恰如人们常说的口头禅：只要有一点阳光，它就会灿烂。

我想，永和梯田在如此环境横空出世，也正是令我所震撼之处。它犹如孤崖无名花盛开在我心田，让我在山西永和感受到自强不息的民族精神。它就像九曲黄河中的乾坤湾，纵逢重峦叠嶂，也要千回百转，涌向希望的彼岸。友人告诉我，永和山多，沟壑多，土地贫瘠，千百年来，一直靠天吃饭，早年在坡地耕作，粮食单产也不过 300 斤左右，若遇大旱，颗粒无收也是常事。因而，永和长期带着国家贫困县的帽子。自 2010 年始，永和县委、县政府做出了"坡改梯"的战略决策，一场改天换地的攻坚战拉开了序幕。勤劳的永和人用辛勤汗水在黄河畔书写了"永和梯田"的大美华章。他们十年磨一剑，在纵横 309 平方公里的黄土地，实现了土坡整治，有效地缓解了黄土高原水土流失的状况。

"近些年，我们永和人机修梯田、人工造林、坝滩联治，多管齐下，梯田的单位亩产也提升到 1000 斤左右。"友人兴奋地告诉我，"2019 年，我们还将实现脱贫攻坚的既定目标，一举摘掉国家贫困县的帽子。"

"太棒了！"我兴奋地说，"这项工程太了不起了！"

"在永和，了不起的还有那些红军东征精神的传承者，"友人指着山下说，"看到了吗？梯田的那一边就是红军东渡黄河时路过的赵家沟。毛主席就在那里住过五天。艰苦奋斗，自强不息的永和精神，也源于永和人在循着红军东征的足迹。"

"这么说，那片梯田就是赵家沟村的了？"我想当然地问道。

"没错。"友人点了下头，说，"等会儿，我们开车过去，参观一下毛主席住过的窑洞，几位作家可以感受一下历史留下的印记。"

我俯瞰着白云端的永和梯田，豁然间生出了创作灵感，一篇散文的标题从心底流出。瞭望远山的白云，轻轻地飘在蓝天与梯田之间，那般自然，那般壮阔，那般秀美。我霍然顿悟：我沉醉的不仅仅是永和梯田，还有更为可贵的永和精神。永和梯田就是一个时代的缩影，代表的是一种民族精神，像九曲黄河百折不挠，像孤崖的无名花自强不息，像红军东征的脚步一往无前……

阿佤山的音符

我喜欢阿佤山的云海，虽说悄然无声，却仿佛流淌着激越的音符，她载着阿佤村寨的歌韵，在我耳边久久回响："村村寨寨哎打起鼓敲起锣，阿佤唱新歌……"欢快的旋律，穿越了佤族古寨，穿越了澜沧江，穿越了华夏的山山水水。

五十年前，远在北国的我，就曾被这南国飘来的音符所陶醉。相信许多同龄人都与我有过同样的感受，绝少人不曾唱过这首《阿佤人民唱新歌》。也就从那会儿起，云雾山中的阿佤村寨和神秘的阿佤人就给我留下了深深的烙印。

五十年后，我如愿以偿，来到了这如诗如画的绿野仙踪之地，但见头上蓝天高远 ，脚下云气氤氲，极目眺望，那远方的村寨在云海中似隐似现，美不胜收……我顿时陶醉了，陶醉在阿佤山的怀抱里。

那天，我们几位作家乘车从西盟佤山路过，一路都是葱茏的莽莽林海。芭蕉、槟榔、油棕、翠竹和榕树，一股脑地从我眼前列队划过。群山峰峦，绿野田畴，怎么看都像是一幅水墨画，白云深处，潺潺流水，鸟语花香，真的好美好美。远离了躁动的城市，回归到了宁静的山野，闭目养神，一种意念在我胸中缓缓流淌。几天的普洱之行，我深深地爱上了这片土地。当地少数民族的淳朴热情，也让我找到了家的感觉。

西盟与缅甸佤邦山水相连，是佤族的发祥地，也是《阿佤人民唱新歌》的诞生地。时间可以追溯到 1961 年 8 月，解放军某部通讯班来了一位 18 岁的昆明小伙子。他叫杨正仁，一入伍便来到西盟佤族自治县服役。那会儿，他和战友白天架设电话线，晚上就住在佤族老乡家里。三年间，他几乎跑遍了佤山大大小小的村寨，一有机会，就与能歌善舞的佤族兄弟交流。他耳闻目睹了从深山老林中走出来，迈向新生活的阿佤人对毛主席，对共产党，对社会主义那种发自内心的感恩之情。

当年，每个山寨的阿佤人见到解放军就像见到亲人一样，他们拉着战士的手，围着篝火欢快地打跳、歌舞。在昆明师范就读时受过专业音乐训练的他，每每听到佤族民歌优美的旋律都要掏出小本记录下来。他喜欢阿佤人的甩发舞。舞者在旷野上，伴着节奏强烈的木鼓声，配上脚上的弹步动作，舒展上肢，甩动长发，动感十足。从他们的舞姿上，他感受到了阿佤人热爱生活，崇尚力量的博大胸襟。

1964 年，一个偶然的机会，杨正仁在班哲寨听到一首旋律很优美，又很欢快的佤族民歌《白鹇鸟》，他兴奋得像个小孩子欢跳起来。他早就想写一首表现阿佤人热爱新生活，歌唱新生活的歌曲。为此，他兴奋得夜不能寐，连夜爬起来，以此为蓝本搞起了新歌创作。为了烘托气氛，他将原民歌的低旋律提高了八度，在歌词上也做了反复推敲。一个月来，他白天工作，晚间写歌，在吟唱中反复修改歌词和曲谱，一直改到满意为止。歌出来了，先是由部队宣传队排练演出，西盟县文工队闻讯后也将歌曲拿过去，到佤山村寨演唱，很快就得到阿佤人的喜爱，他们边唱边跳，称之为咱阿佤人的歌，不多时日就成了西盟佤山的"流行歌曲"。那年，杨正仁回家探亲，一进昆明城，猛然发现大街小巷都在传唱自己的歌，顿有种始料未及的惊喜。1972年，中央人民广播电台开始播放著名女中音歌唱家罗天婵演唱的《阿佤人民唱新歌》，红色电波也让全世界的人们知道了中国有个阿佤山，阿佤人民爱唱新歌。

我禁不住油然慨叹，杨正仁是何等幸运，若没那段难忘的佤寨生活，若没接触到那么多佤族歌舞和器乐等原生素材，他也就无从创作出这首响彻华夏的经典名曲了。文学艺术来源于生活，此话不虚！

遐想中，我耳边骤然响起这首熟悉的歌，歌者是陪同出行的普洱市委宣传部施文艳副部长，她望着车窗外的佤山风光，触景生情地哼唱起来："村村寨寨哎打起鼓敲起锣，阿佤唱新歌"，随即满车的人都跟着合起来："毛主席光辉照边疆，山笑水笑人欢乐……"

施文艳是彝族人，人长得漂亮，又写得一手好散文。从她的歌声，我也感悟到了南疆少数民族能歌善舞的天性。一路上，她不停地讲述佤族的风土人情，讲述那些身边的故事。她说起当年这首歌很快就成了佤山村寨最受欢迎的歌，1965年3月，在西盟佤族自治县成立庆典晚会上，阿佤人围着篝火唱起了《阿佤人民唱新歌》，载歌载舞，一直跳到破晓时分还意犹未尽。

此后，这首歌红遍大江南北，且经久不衰，也正是这首歌让和我同时代的人认识了远在西南边陲的阿佤人。我依稀记得，第一次听这首歌还是在内蒙古农村插队。一天，生产队的大喇叭里放出了《阿佤人民唱新歌》，瞬间便让在田头小憩，与村民聊天的知青沉静下来，那欢快的旋律竟一扫身上的疲劳。从此，在上工的路上，我们时不时地唱起这首开心的歌。一首歌的音符就这样拉近了南疆和北国的距离，拉近了人与人的距离。

"阿佤人喜欢这首歌是发自内心的，2002年，西盟县将《阿佤人民唱新歌》确定为西盟县歌。"施文艳动情地说，"知道为什么喜欢吗？恰如歌中所唱，是毛主席的光辉照耀到佤山，才让阿佤人从原始社会末期一步跨入社会主义社会的。这首歌释放的是翻身后阿佤人的真情实感，"

在佤山村寨，我对这话的理解加深了。曾几何时，佤族这个古老民族还生活在竹木草屋，还离不开靠野菜野果野鱼充饥，还在"猎人头祭谷"。而今的阿佤人早已告别了那个愚昧落后的年代，跟着全国人民一道走进了新时代。

来的路上，我在宁洱县民族团结园，见到那里建有牌坊大门、古式六角碑亭、仿古彩绘主大楼、佛雕等建筑，最引人注目的当属那块由48位少数民族同胞，代表26个民族，分别以傣文、拉祜拼音和汉文签名的民族团结誓词碑。这块立于1951年元旦的石碑素有"新中国民族团结第一碑"之誉。他们曾代表全普洱区各族同胞郑重地于此举行剽牛，喝咒水，并歃血盟誓："从此我们一心一德，团结到底，在中国共产党的领导下，誓为建设平等、自由、幸福的大家庭而奋斗！"

这个盟誓缘于三个月前，普洱少数民族代表受邀进京参加共和国成立一周年庆典。1950年10月1日，他们在天安门左侧观礼台，第一次看到了毛主席，看到了陆海空三军的阵容，看到了天安门广场欢乐的海洋。这一切都让代表们感受到祖国大家庭的强大和温暖。最令他们难忘的是，10月3日，毛主席在中南海怀仁堂接见了来京的少数民族代表。代表们争相捧出本民族最珍贵的礼物献给毛主席，佤族头人拉勐也献上了三代祖传的梭镖。毛主席拉着拉勐的手说，听说佤族人有"猎人头祭谷"的习俗，可不可以不砍人头，用猴头来代替呀。拉勐回答说，用猴头不行，用虎头倒可以，但老虎不好抓勒。毛主席说，这事由你们民族自己商量着办吧。后来佤族响应了毛主席的倡议，改用牛头举行祭谷仪式。这次，我来到西盟勐梭龙潭，同行的普洱女作家谢玉兰指着龙潭湖对面的山峦告诉我，"在那边山上，如今还挂着几千颗牛骷髅头呢。"

我听后良久沉思：刚才在勐梭大街上，我见到一个佤族老人在林荫道行走，他一边走一边旁若无人地吹着竹制的竖吹乐器，曲调悠扬，很美。虽说我不知他用什么乐器，也听不出他吹什么曲子，但我从他幸福的脸上，从那优美的旋律中，感受到了阿佤人的惬意生活，岂止阿佤人，就连西盟佤山云海流淌的都是满满的幸福啊。

那天，我们一行踏着晚霞的余晖，走进了勐梭龙潭，看了一场民族味十足的佤族舞蹈。开场的舞蹈就是《阿佤人民唱新歌》，随着乐曲奏响，我从热力四射的佤族姑娘和小伙子们的舞蹈动作中，感受到了阿佤人身上散发出的粗犷和豪迈。与此同时，我眼前也浮现出白天时，佤山村寨的热烈场景，身着民族盛装的阿佤人敲起长鼓，吹起独笛，献上美酒，用微笑和真诚来迎候远方的客人。那真诚的眼神和甜美的微笑，让我们每个人都为之动容。

有人说，阿佤人是一个会说话就会唱歌，会走路就会跳舞的民族。来到阿佤山，我发现每走一步都会踩到跳跃的音符。一旦有音乐响起，阿佤人无论大人，还是娃娃，那优美的舞姿和震撼的表演都会让人为之一振。阿佤人迈向了新生活，但他们骨子里，传统的元素还是没有丢弃，那是一种豪放的美，粗犷的美，甚至带有几分原始的美。

　　来到西蒙佤山，我仿佛年轻了几岁，是阿佤人的热情感染了我，是阿佤人的乐观鼓舞了我。《阿佤人民唱新歌》问世半个世纪有余，歌词也有多个版本，但在人们心目中，这首歌，就像被誉为"人类童年"的阿佤人一样，依然充满了青春的活力。

　　那天我在一座依山而建的佤寨上，往下眺望，看到山下峡谷深处一片郁郁苍苍，远处一片梯田淹没在乳白色的云雾中，近处一片茶林若隐若现，一条山间小路，弯弯曲曲，像一条蜿蜒的小溪从山间流了下来，一直流到山寨的南端。

　　蓦然，山那边响起耳熟能详的歌声，我寻着小路看过去，并没有见到人影，听声音是个女歌手，唱白勺依然是那首《阿佤人民唱新歌》："茶园绿油油，哎梯田翻金波，哎五彩花开千万朵，千万朵，哎江三木罗……"

　　有此情此景，我恍然入了仙境。哦，茶园、梯田都历历在目，唯有那五彩的花朵、那悦耳的女歌手、还有那阿佤山的音符仍悄然隐匿在云雾山中。当下，我也带着内心涌动的深情哼唱起来："哎，阿佤人民唱新歌，唱新歌，哎　江三木罗……"

慕田峪长城的猫

"喵"。一只不老也不年轻的大黄猫披着金灿灿的毛衣，懒洋洋地蜷缩在慕田峪长城"慕字一台"敌楼的一隅，目送着一个个从身边走过的游人。也许看惯了每天波浪一般涌过的"高级动物"，她那声弱弱的喵语，有种不屑理睬的高傲。没错，她每天看到的人实在是太多了，以至于她甚至以为自己才是万里长城的主人。其他游客嘛，统统不过过客而已。不是吗？每天有数以百计，乃至千计的人，乐颠颠地跑过来，都想和她做亲密状的合影，她却心止如水。若赶上心情好呢，她就翘翘胡子；若不高兴了呢，她就把屁股对向你。借用鲁迅《阿Q正传》中，乡绅赵太爷怒喝阿Q的语气来描摹，可否将那句经典句子换为："你也配和我合影？"区别嘛，是她似乎在用屁股"吼"您呢，又好像在调皮打趣："门票又没我的份，我凭什么陪你照相？"

哈哈，写到这里，我把自己逗笑了，您觉得呢？

来慕田峪长城玩的"老外"很多。我倒有点搞不明白了，有的不远万里，从地球的另一端跑到这一端来，仅仅是为看一眼"鹰飞倒仰"的险峻，抑或"大角楼"的雄奇乎？看到慕田峪长城的猫，我好像多少明白了一点点。您看那个金发美女蹲在城墙砖阶上，用手抚摸着那只黑白花猫。我从侧面看不到她的眼神，但我分明看到了她脸部流露出的喜爱神情。她那戴着手链的右手腕，紧贴在猫的背部，那戴着两枚戒指的手指在轻轻地抚摸着猫的身子，那猫眯缝着双眼，一副很受用的样子。这种场景，我平时看得多了，但在长城顶上，还真是第一次看到。

长城猫的惹人喜爱是不分国界，不分种族，不分地域的。这倒令我想到在美国西锁岛游走时，我写的另一篇散文《天边的海明威猫》。在慕名已久的海明威故居，在曾经的主人卧榻上，我亲眼见到有只懒散的黑猫，踡曲着身子，像一团毛绒绒的黑绣球被主人遗忘在白雕花床单上。那黑猫对我这个东方客人，也犹如那只黑白花猫般眯缝着眼睛，头朝床头方向在悠然养神。那一刻，我耳边想起了海明威临终的那句遗嘱："猫是这所庭院的主人，它们可以享有这里的一切，可以随意地嬉戏，可以在床上休息寻欢，可以在书房里沉思未来！"想必后来人是严守海明威的遗愿了，我在海明威故居小院看到一群活蹦乱跳的猫们，主人般的在院舍和起居室里无忧无虑地生活，享有进出故居的自由，否则，那只大黑猫就不会大大咧咧地横卧大床上，如此般悠然自得了。

慕田峪长城上的猫，游走的区域可比海明威故居小院大多了，她们可以在连绵长城的墙垛上奔跑，还可以蹲在敌楼的望亭，以好奇的目光来审视走马灯似的游走的人们，我一路上就碰到了十几只不同花色的猫，或结伴，或独行，俨然成了一道长城的风景，无论游客的皮肤是黄色的、白色的、棕色的、黑色的……俨然都是东方猫们请来的客人喽。

我没坐缆车，踏着千级石阶，徒步登上了慕田峪长城。从"慕字六台"敌楼起，沿着起伏的青阶路，我一路向东攀行。走着走着，眼前蹦出了一只橘白花猫，轻盈地踩着墙垛，一边走着猫步，一边回头瞧着我。我顿时来了兴致，紧随其后进了"慕字四台"的正关台。这是三座并立的敌楼，分为上下两层，底层相连，有多间铺舍，古时为囤粮、屯兵之地。看来橘白花猫是把这儿当成自家的"豪宅"了，从楼下窜到了楼上，在路过一个门洞时，这个小可爱还因有三位堵在门口拍照的外国游客碍了她的事儿，朝人家"喵"吼了几声。

不知晓长城猫是哪一代，哪一时入驻慕田峪长城的。往远推之，兴许明朝那会儿，就有猫的足迹了呢。明洪武元年，朱元璋手下大将徐达在北齐长城遗址上督建了慕田峪长城，东连古北口，西接居庸关，距紫禁城不过区区 70 公里，实为拱卫京畿的关隘。到了明隆庆三年，抗倭名将戚继光以都督同知总理蓟镇、昌镇、保定三镇练兵事，还亲自主持了对慕田峪长城的修缮工程。

慕田峪关的敌楼堪称古长城军事建筑最高等级的代表作，在整个万里长城都极为罕见。这敌楼又称"谯楼"，主要用来守城防御、瞭望、传令以及存放军械等。我在敌楼甬道上，看到几个不知从何处钻出来的花猫进进出出，就想当然地臆测，当年戚继光扼守慕田峪长城要塞时，沿线敌楼不仅承载戍边的重任，还有储存粮草、官兵住宿的功用。既然有粮草嘛，就免不了招来"硕鼠"，而猫又是"硕鼠"的天敌，故尔游客戏称的"喵家军"，说不定和当年的"戚家军"一道朝夕相处过呢。

慕田峪长城上有好多可爱的猫咪，每天都在伴长城的日出而巡，日落而息。她们就像巡逻的卫兵行走在徐达督建的蜿蜒长城上，感悟那会儿金戈铁马的尘埃；她们就像换岗后的哨兵栖息在戚继光修缮过的敌楼铺房里，体味着当年戚家军风餐露宿的艰辛。而如今的长城猫们生活在一个和平安宁的世界，在与国人共享岁月静好的日子。她们也许曾是一群"流浪猫"，可在今日，再也无须流浪了，长城就是她们温馨的家。我曾在"慕字六台"的休息台处，看到过一个封闭的塑料箱子，时不时就有登长城的爱猫人士将特意带过来的猫粮放入箱内。更多是游人将带来的面包和火腿肠放入墙角的喂猫盆里，供跑来的猫们品尝。在这儿人与自然，人与猫的和谐，可谓达到了长城美的高度了。

再往前走就是慕田峪关东侧的制高点"慕字一台"大角楼了。大角楼在历史上是蓟镇长城和昌镇长城的分界线，其三面连有长城，向西和八达岭相通，向东与古北口相依，向南延伸为内支城。所谓内支城就是在长城内侧，在有高脊山梁之处，再节外生枝地顺势修一段几十米的长城，故当地人称之为"秃尾巴边"。

我在临近大角楼的矮墙垛口向外张望，但见长城依山就势建在满眼葱茏的山崖边，深谷幽然，鸟语花香，整个城墙都被错落有致的绿荫所环抱着。抬头望，有几朵白云点缀在一望无边的蓝天里，凉爽的微风拂面而过，送来了山花的扑鼻馨香。大角楼，这个"慕字一台"敌楼之妙美，称得上叹为观止了。

大角楼分上下两层，以灰色陶瓦铺顶，是紧临两个关口的敌楼，向西警戒着正关台，向东警戒着亓连关，上层建有望亭，下层设有"井"字形通道。此楼妙在从哪个角度观赏，都像一个城角，故尔称"大角楼"。我走到这儿，慕田峪长城东段就算走到尽头了，眼前的门洞被一块牌子堵上了，上书："前方是未开发段长城禁止翻越。"

我不无遗憾地返身回来，方注意到，这城墙的垛口不是开口的长方形，而是呈锯齿状。射洞筑在垛口的下方，不是圆形孔，而是顶部呈弧状的方形孔。前方又见有两只情侣猫脸对脸，对卧在长城北侧城垛上，喜兴的是，旁边也恰有一对恋人在面对面地拍照。那个着白色 T 恤短衫，背双肩包的小伙儿戴副墨镜，双手插兜，左肩斜依着垛口，在对着端相机的女孩儿微笑，一副情浓浓的样子。那个穿蓝花连衣裙，长发飘飘的女友，变幻着不同角度，在不停地按动着快门，再看那两只情侣猫的眼神齐刷刷地投向了那对恋人，构成了好美妙的画面。我连忙掏出手机想一并拍下来这人与猫的温馨场景，哪料那一对情侣猫像发现了什么似的，"嗤溜"一下溜走了，我的手机屏幕上只留下了一对情侣依偎长城拍照的场景。

唉，这一对不识趣的长城猫呀，让我失去一幅多么有情趣的照片啊。

大山里的快乐拉祜

来到云南澜沧，初听"快乐脱贫"这四个字，我还有几分不解。可一走进拉祜人的老达保寨子，我便让"快乐"感染了。一首《快乐拉祜》，就像一朵景迈山的云飘入我的心田："唱起来跳起来吧，吉祥的日子，我们走到一起，共同把心中的歌儿唱起来，蜜样的幸福生活滋润着我，拉祜人纵情歌唱……"

我和几个作家朋友坐在老达保的露天大舞台下，头一次听到这首欢快的歌，便被磁吸了。台上的演唱者就这首歌的词曲作者李娜倮。那天，她发髻挽起，手拿麦克风微笑登场，其动情的歌声旋即迎来一片喝彩。同行的云南日报朋友告诉我，李娜倮是个80后，非常不简单，不光是远近闻名的女歌手，还曾是党的十八大代表呢。

我的目光不禁落在了李娜倮身上，只见她上身着黑色斜襟衫，领口周边及袖口饰以红蓝橙相间的条纹布条，还嵌有银色碎花。下身着黑色筒裙，裙下摆是红黑相间的宽条纹，间或有银色的锯齿花边。她人站在台上落落大方，像是一只从大山里飞起的凤凰，把拉祜人幸福中的快乐撒满人间。我身临其境，方恍然一悟，原来快乐就是这般简单。

那天，我一进群山环抱的老达保，不知为什么，陡然给这里的音乐氛围磁吸了，那些从窗内窗外飞进出的快乐音符，好似山茶花的芬芳迷漫在古色古香的石板小路上，萦绕在依山而建的斜顶竹木房舍间。老达保，一个音乐融入魂魄的拉祜族村寨，宛若澜沧江的浪花，拍打着我的了心田。望着这美的景致，美的风情，我寻觅不到老达保贫困时的模样，甚至还冒出了可笑的念头：老达保贫困过吗？

李娜倮走下舞台后，我走到她跟前，拐弯抹角地问她一个问题："老达保的过去是个什么样子呀？"她沉思了一下，告诉我，许多年前，在我们拉祜人的寨子流传过一句口头语："交通基本靠走，喝水基本靠背，通信基本靠吼"。这就老达保过去的写照了，寨子里的乡亲们靠天吃饭，沿袭着刀耕火种，广种薄收的老一套，再加上水利设施很差，路又不通畅，是典型的少数民族贫困村寨。改革开放以来，老达保发生了很大变化，但穷根子还是没能彻底拔掉。2013年11月，为落实习近平总书记提出的"精准扶贫"号召，澜沧县开始为贫困村寨的乡亲建档立卡。这一立档才发现，老达保有92个贫困户，涉及到402口人，贫困发生率为全寨子的79%。当时啊，日子大都过得紧巴巴的。

真难以想象，短短八年间，一个远近出了名的穷寨子彻底变了模样，致富的秘诀居然是"唱歌跳舞"。如今，拉祜人的生活像翠竹拔节节节高，所有建档立卡的贫困户都摘掉了贫困帽子，民族文化助脱贫的案例还入选联合国"中国扶贫成就展"，幸福和快乐明晃晃地写在人们脸上，像茶山上的花儿一样绽放。

走进拉祜人家，我喝着他们亲手泡的普洱茶，尝着他们亲手种的"音乐西瓜"，看着他们亲手编织的新生活，那种感觉好极了。我拿起一块西瓜问主人，为什么叫"音乐西瓜"呀？他笑着告诉我，老达保的西瓜都是听着音乐长大的，吃起来就特别甜。我顿悟，这也许就是"快乐脱贫"的另一种诠释吧。

"音乐西瓜"，我为拉祜人带有诗意的想象所惊叹。记不清我在什么报刊上读过一篇科普文章，说有科学家拿苹果树做过实验，在优美的钢琴曲作用下，苹果树体内养分的运输速度比正常情况下提高了十倍以上，植物细胞分裂的速度也加快了许多。不想，老达保"快乐脱贫"的秘诀竟也与音乐有关。在这里，我听到最多的一句话就是："拉祜人会说话就会唱歌，会走路就会跳舞。"也正是原生态的文化资源成就了"快乐脱贫"的创想。在李娜倮眼里，脱贫攻坚就是要把老达保最美的文化资源挖掘出来，与拉祜族的乡亲们一道通过"唱歌跳舞"助力脱贫致富。

李娜倮依稀记得，刚懂事那会儿，有一天，喜欢唱歌的父亲李石开把一把吉他带回寨子，从此家里便多了几分欢乐。父亲边弹边唱，小娜倮就在一旁跟着大人学跳舞，学唱歌。拉祜人的芦笙舞、摆舞、吉他弹唱让小娜倮受到了最初的艺术熏陶。李石开看到女儿是一块可琢之玉，就全身心地传艺于她。李娜倮十三岁学会了吉他弹唱，十六岁开始了歌曲创作，至今创作三十多首歌曲，占现存三百多首拉祜民歌的十分之一。到了 2013 年，多才多艺的李娜倮赶上了"精准扶贫"的好时光，年纪轻轻就做了澜沧老达保快乐拉祜演艺有限公司的副董事长。她和父亲联手为"快乐脱贫"创出一条致富路，也成为了全寨子第一个吃螃蟹的人。她心里很清楚，之前，老达保匮乏集体经济收入，是个"空壳村"，乡亲们也习惯于靠种植业谋生，没有别的财路。她就在想把这家农民自发自创的演艺公司，变成老达保的"摇钱树"，让五百多村民全都入股，走一条共同富裕的大路。

没几年功夫，李娜倮就把演出公司做到了极致。她将老达保村民，从一家一户的自娱自乐，带上了对外演出的大舞台。从乡里唱到了县里，又从县里唱到到省里，唱到了央视大舞台，唱进了国家大剧院，还漂洋过海唱到了国外。老达保的乡亲们都尝到了甜头，高兴地说："过去的日子苦啊，一年只穿一双鞋子，现在唱唱歌、跳跳舞，到外边走一走，家家户户的腰包都鼓了！"

老达保的拉祜音乐火了，唱歌唱出了好心情，跳舞跳出了好日子。喝茶中，我从老乡的口中得知，很多一辈子也没有走出过大山的拉祜族老乡，如今也吹着芦笙，弹起吉他走天下，而今，大江南北都知晓了云南的澜沧拉祜族自治县有个老达保，老达保有个李娜倮。近十年间，老达保的演艺公司演出了八百多场，全体村民们年年都拿到一笔分红，其中演艺人员年人均分红更是高达一万七千多元。这些真金白银都成了建档立卡贫困户增收入的大款项。"快乐脱贫"，帮助老达保实现了"一步千年"的历史跨越。

那天下午，我坐在露天大舞台下，沉醉于"快乐拉祜"的歌声里。我真切地感受到，快乐不光写在每位演出者的脸上，也铭刻在每个拉祜人的骨子里。老达保的大舞台俨然成了一张大美普洱的快乐名片，拉祜人带着这张名片，翻过了景迈山，跨过了澜沧江，大步迈向了广袤的世界。"十九大精神放光芒，党的政策暖人心，脱贫致富奔小康，拉祜山乡变新样……"舞台又传来一位男歌手的歌声，在演唱村民自编的歌曲《颂党恩》。他在倾情演绎着，告别了世代贫困，富起来的拉祜人感党恩、听党话，跟党走的心声。朋友告诉我，在老达保，他们每天都这般快乐地唱着、跳着，把一个昔日的穷寨子，活生生地唱成了蜚声海内外的音乐小镇。

演出临近尾声，李娜倮再次登台，演唱了一首《实在舍不得》："我会唱的调子像山林一样多，就是没有离别的歌，我想说的话，像茶叶满山坡，就是不把离别说……"这是一首李娜倮等谱曲的压轴节目，倾吐了唱者的心情，也代表了听者的心声。在那一刻，我眼睛湿润了。在原生态的老达保寨，原汁原味的民族文化，真切地给人一种难舍难分的魅力。我陡然发现，在这片音乐的土地，上到年逾古稀的阿爹阿婆，下到垂髫之年的孩童，一站到舞台都是个人物，吉它弹唱、芦笙舞、摆舞、无伴奏合声演唱，个个都演绎得惟妙惟肖。有谁会想到，一个鲜为人知的拉祜族村寨，一个华丽转身便成为了远方客人的诗与远方。

那天晚上，好客的拉祜人在老达保演艺广场点燃起篝火，欢迎我们这些远方的客人。我们拉着拉祜乡亲们的手，围着篝火快乐的唱着、跳着，那红红的火苗也与我们一道快乐地欢跳。我陡然发现，在芦笙响起的地方，无论熟悉的，还是陌生的朋友，心都是息息相通的，因为，拉祜人吹出的，不光是普通的音符和简单的旋律，也是幸福的心声和快乐的心情。

李娜倮也出现在篝火晚会上。她跃动的身影，也随着火苗一起跳跃。多年前，李娜倮和她的团队尝试用音乐脱贫，用舞蹈致富，用文化发展的路子，成功地打造出快乐的老达保。这支由老达保农民组建的艺术团，带着拉祜人的歌声，带着拉祜人的舞蹈，不光受邀去了北京、上海、广州，还漂洋过海到日本和希腊演出。他们的"达保五兄弟"组合与"达保姐妹"组合，带着吉他和芦笙，还参加了中国原生态民歌大赛、上海旅游节、中国桑植民歌节、昆明国际旅游节等一系列文化活动。在这片古老的土地上，传统的与现代的，民族的与流行的，中国的与世界的文化元素，都在融会贯通，碰撞出快乐脱贫，文化脱贫的交响乐章。

篝火燃烧着，越烧越旺，老达保走文化发展的路子，也越走越宽广了。拉祜人伴随着《快乐拉祜》的音符，把茶山建成了旅游者的乐园，把农家建成了漂亮的客栈，还有吸引眼球的农家乐，将普洱"拉祜文化"和"千年古茶"之美融入其中。

我心中的篝火也在燃烧着，越烧越旺，天上的繁星和地上的火星在一同闪耀，拉祜人的歌声与笑声在一起飞扬。踩着新时代的鼓点，四面大山不再寂寞，拉祜村寨也不再闭塞，《快乐拉祜》的旋律，乘着美好的夜色，飞向了更加遥远的星空……

青藏高原的
脚印

一个人的脚印就是一个人的历史，从秦川村落蹒跚学步到青藏高原戎装出发，脚印记录下他春日的稚嫩、夏日的活力、秋日的成熟……在我先前的想象中，脚印有时会像春花，留下一地美丽；有时会像秋雨，留下一片风霜。可在他的想象中，脚印是可可西里的红柳，留下中国军人的赤诚；脚印是唐古拉山的车辙，留下高原汽车兵的初心。

于是，在北京万寿路 28 号，我与宗仁老师的话题围绕青藏高原聊开了。61 年前，他还是汽车团新兵；61 年后，他仍情系高原，用笔架起一座心桥，续写闯荡"生命禁区"的军魂。从他的脸上，我看到"昆仑之子"岁月风霜的印痕；从他的眼神，我看到了高原老兵的一往情深。

那是格尔木吗？他第一次驾驶军用卡车，在"南上拉萨、北去敦煌、西往茫崖、东到西宁兰州"的路牌前，从脚踩油门的那一刻起，长度约 2000 公里，平均海拔 4000 米的青藏公路，就成了他形影不离的亲密"伙伴"。他笔下，"飞雪和冰凌在方向盘上交汇，山路和戈壁在掌心重叠"。此时，我的眼前浮现出一位穿着满是油污的破军祆，驾着德国二战时旧卡车的年轻军人，在摄氏零下30多度气温下，渴了吃一口雪，饿了啃一块冻馒头，困了歪在椅背打个瞌睡，手冻得也像馒头似的，一个月也洗不上一次热水澡……在他心里：苦，是一种人生的滋味；乐，也是一种人生滋味，将两种滋味融合到一块，就是一种与命运抗争的忍耐，就是充满诗意的生活了。

他回忆说，那是一台上世纪40年代的老爷车，没有电瓶，没有马达，没有启动机。每天清晨，冒着极度严寒走出屋的头一件事就是拾干柴烤车，一烤就是一个多小时，否则，车子一发动，管子就憋断了。为了烤车，他有时还不得以去挖红柳根，尽管很清楚这是在破坏最脆弱的环境，心里很痛，但却毫无办法。还有一次他和战友实在找不到可燃的柴禾，为了跑车，他们把棉军衣的棉絮撕下来，浇上柴油烤车。后来，他将此成文在中央人民广播电台的《解放军生活》节目播出。村里乡亲在广播里听到了王宗仁的名字，告诉了他的老母亲。母亲心疼儿子就赶做了一件棉背心，让父亲千里寄给他，他很长时间都舍不得穿。

这就是当年青藏高原汽车兵的真实写照。苦吗？苦！难吗？难！累吗？累！但在他眼里，这却化作撞击心灵的一篇篇激情散文，化作一首首瑰丽诗行。透过青藏高原恶劣的天气，他感悟的却是心中的万里晴空。

"剑钧，你知道没修青藏公路前，是一种什么样的状况吗？"他不待我回答就接着说，"我军第一次进藏，在唐古拉山整整走了22天，才翻过大雪山，到了藏北的那曲，又走了半个月，才终于到达拉萨。自从有了青藏公路，有了高原汽车兵，我们的战士和民工再不用赶着成千上万的骆驼、牦牛、骡马，靠人背畜驮，往返大半年，运输进出藏区的物资了，再也不用靠酥油点灯照明了，再也不用靠烽燧传递信息了。但在这光鲜的背后，又有多少人知道，我们的汽车兵，每天承受的却是'生命极限'和生与死的考验。我的良知告诉我，不能忘记他们，我要用笔记录下来，以告慰无数英烈的在天之灵。"

那是唐古拉山吗？在青藏高原的军旅生涯，给了他源源的原生态素材；七载青藏公路的行走，让他的文学创作热情升华到很高的艺术境界。我问宗仁老师，入伍之初，可有什么撞击心灵的故事，打开您文学创作的大门？他随即说，当然有啊，"唐古拉山25昼夜"的故事虽说发生在他入伍前，但就在他所在团一营。1956年12月24日，一营204名官兵在副团长张功，营长张洪声的带领下，出动近百台车进藏，当车队行进至唐古拉山时，遇到百年不遇的暴风雪。10级狂风，零下40多度低温，把车队困在雪路上，是进也不能，退也不能，与外界的联络彻底中断了。25昼夜，断粮了、缺油了，生死考验摆在每个人的面前，战友们不约而同地撕下棉衣里的棉花，蘸上汽油烧烤发动机的油底壳，棉絮撕光了，就撕工作服；25昼夜，恰逢了1957年元旦，饥寒交迫的战友，不改豪迈的革命热情，敲起锅碗瓢盆欢度新年；25昼夜，战友们用铁锹和双手生生挖出一条冲出死亡线的"雪胡同"，死神在英雄们面前退却了；25昼夜，50多名官兵被冻伤，却没有冻坏一台车辆，损失一件承运物资。当他们走出没膝的雪地时，前来救援的战友们看到，他们一个个衣衫褴褛，脸色黝黑，像荒野里走出的野人。

青藏高原，一个冰雪的世界，鲜有绿色，缺少鲜花，但在他眼中，险恶的生存环境，恰恰赋予他生命的坚强和创作的灵感。在那里，一代又一代的汽车兵一年又一年默默奉献着最好的年华和最美的青春。他们顶着雨雪冰雹，穿行生命禁区，闯过死亡地带，用生命传承着军人的光荣传统，用血肉之躯诠释着军人的神圣使命。于是，他激情写出了荣获第五届鲁迅文学奖的作品《藏地兵书》，写出了央视《朗读者》播出后，产生轰动效应的《藏羚羊跪拜》，写出了选入中小学语文教科书的《夜明星》《拉萨的天空》《女兵墓》《背心》……

他当年开着军车，120次翻越海拔5000米的唐古拉山脉。旁观者看到的是千里冰封、满目荒凉，他看到的是大气磅礴，壮美风光。沿途一路，他欣赏到一幅幅唯美画卷：敦煌石窟、日月山、青海湖、格尔木、不冻泉、昆仑山口、可可西里、纳木措湖、长江源、拉萨河、布达拉宫……这一道道令人神往的风景线，在他踏着油门的脚板下，一次次风驰电掣般闪过，刺激着他的神经，碰撞着他的魂魄。他兴奋地写道："走进西藏，也许你会发现理想；走进西藏，也许你能看见天堂。走进雪山，走进高原，就走向了太阳"（《走进西藏》）。

那是梦中的青藏高原吗？宗仁老师的高原情结一直让我深深地感动着。他将青藏高原视作他文学创作的福地，看作他魂牵梦萦的第二故乡。他从1958年从军走进青藏高原，在当了7年汽车兵后，被调到总后勤部，先后做过新闻干事、创作室创作员、主任，并逐步成长为当代散文大家。他人虽去了北京，心却一刻都没有离开青藏高原，离开汽车兵战友。

在《藏地兵书》获奖时，他道出了对青藏高原的情缘："当我把自己生命融入到那个海拔的高度时，我就觉得我的身体是属于那块高地的一个部分。我走在京都大街上，常常把长安街走成了雪山上的小路，宽阔的小路！"

去年岁末，我曾为《散文诗周刊》公众号向宗仁老师约稿，他发来《青藏写意五题》，其中有章《唐古拉山夜灯》写道："藏北的夜／空寂／无人／我睁大漆黑的双眼／寻找光源／远方的远处有一粒亮光／把暗夜撞疼／我朝它走去／它离我越来越近／放大的美丽／我知道那是兵站的夜灯／专为四野的夜行人亮着的夜灯／冬夜已闭上眼睛／它亮着"。读到这里，我的心灵被深深震撼了，这是何等动人的情怀，这是何等深邃的意境。

他至今仍不改在青藏高原形成的，天不亮写作的老习惯，每当清早六点钟，他书房里的灯会准时亮起来，就像雄鸡报晓那般自然。他说，当年开一天的车，浑身像散了骨架似的，保养完车辆，夜幕降临了，战友休息了，他却将驾驶室当成了写作间。打开工作灯照明，写到夜里12点或1点钟。雪域高原万籁俱静，仿佛只他一个人存在，只有想象中的文学女神陪伴着他。有时写到天色微亮，他索性趴在方向盘上小憩，醒来又继续出发。天天这般折腾，但行车竟从未出过事故，莫非这就是文学的神奇魔力？

来京后的50多年间，他数不清有多少次重走青藏公路，有多少次泪洒高原兵站。他迄今创作的600多万字作品，出版的40多部书，大多与青藏高原和汽车兵有关，他将文学的脚印也留在了青藏高原上。

他要回昆仑山去，那里掩埋着 700 多名军人的遗骨；他要回可可西里去，那里有跪拜的藏羚羊在无声呼唤；他要回格尔木去，那里有和野狼一道倒下去的藏族老人；他要回巴颜喀拉山去，那里有开着军车倒在叛匪枪口下的 18 岁战友……

他每一次回去，都在把情感甚至生命交付给青藏高原，都在默默为逝去的同志和战友献上一束花。是他们以生命的代价，将幸福的阳光洒在了共和国的高山、田野与江河……

他在用手中的笔丈量祖国版图中，那博大而美丽的青藏高原；他笔下留下了一行行脚印，印在共和国那片神奇又神圣的土地上。

第二辑

水之韵

哦，岁月那条小河

儿时，生活过的香山农场，有一条小河，我至今叫不上它的名字。它从科尔沁草原深处的罕山脚下流淌而来，曲曲弯弯的，晶晶亮亮的，一天一天在我眼前静静流过。它既不深，也不宽，但却很长。我问过妈妈，小河的水去哪儿了？妈妈说，汇入大河，流向大海了。

后来，我随父母搬回了城市，睡梦里，时不时还会出现和小伙伴光着小脚丫，用挖野菜用的小竹篮在小河里捞鱼的场景，醒来就缠着父母要回小河边玩。

长大后，许多往事都忘却了，唯有那条小河还在心里流淌。原来，岁月是有记忆的，生活中的小河流向了大海，记忆中的小河流向了心海。

原以为这辈子无缘戴大学校徽了，不想，命运的小河突然间转了一个弯，让我在水面寻觅到希望的星光。四十年前，我脱下了工装，带着欣喜走进了大学校园。于是，我又想起了那条小河。

大一放暑假，我特意回草原寻梦。走近那条小河，我在青草萋萋的小河边坐了好久好久。我想起当年插队时，村边的那条小清河干涸了，而这条小河还在流淌。就像我们这一代人，经历了太多的风雨，但仍像这条小河没有断流，还在顽强地向大海进发。

那是一个令人感怀的年代。恢复高考的信息像春风吹过来时，我还在毛纺厂里当电工。做了多年的大学梦，终于在夹缝中透出一线希望。考，还是不考，我犹豫过，纠结过。但求学的诱惑实在是太大了，以至我不能不"铤而走险"，就像眼前的小河，宁可多转几道弯，也要努力流向远方。

当我忐忑不安地报了名，却一点也兴奋不起来，见了熟人像做了亏心事似的，生怕人家提这茬儿。只念六年书便异想天开考大学，今天说起来，是有点天方夜谭，且不要说还要与老三届和新三届高中生一试高低了。

十年积攒下的旧账已使成千上万考生卷入竞争的漩涡，金榜题名的概率也只有百分之几。那年高考在冬季，复习时间仅一个多月，加之班上忙，没复习时间，我只有利用晚上补习功课。吃过晚饭就匆匆登车去李荣哲老师家补习数学，十点多钟回来，还要看一会儿其他科目的书，几乎搞得焦头烂额。我咬咬牙，还是挺过来了。高考发榜后，我的考分居然超大学本科录取线近20分。那会儿的我还年轻，追溯远逝的青春年华，记忆的小河便会扬起回味悠长的浪花。

我想，当年有多少和我一样的年轻人，凭借恢复高考的机遇改变了命运。于是，七七级这个响亮的名字才垂青了我，以及与我同样幸运的人们。这是当今中国值得骄傲的一个群体，无论走到哪里，都会倾听到他们开拓未来，报效国家的铿锵足音。应当说，是恢复高考的战略决策，拉开了改革开放的序幕；是"实践是检验真理的唯一标准"大讨论，掀动了改革开放的大潮；是全国科学大会的春风，呼唤来科学的春天。

机遇像不定的季风，看不见，摸不到，却在不知不觉中光顾到我。恰如有位哲人所言："人不能两次踏进同一条河流。"若与机遇失之交臂，就不要指望再把它寻找回来。但我想说，一个千载难逢的机遇是轻易就能碰到吗？对我来说，这是改变个人命运的机遇，对国家来说，这是改变中华民族命运的机遇！中华民族伟大复兴的航船，四十年前，就从一次具有深远历史意义的会议上扬帆启航。

八年前，我应邀去天津滨海新区筹划撰写《滨海，光电交响曲》一书。为此，我数度往返于京津城际列车上，每一次来滨海，我的心灵都受到强烈震撼。滨海对我来说既熟悉又陌生。说其熟悉，是缘于它是继深圳、浦东之后，我国第三个经济增长极；说其陌生，是缘于先前我虽三次到过天津主城区，却从没来过滨海。可当我一脚踏进滨海，便立刻被这片充满生机与活力的热土所感染了。昔日的盐碱滩飞鸟难觅，草木难生，满目荒芜，而今取而代之的是高楼林立，柳绿花红，春色满园。

一天晚饭后，我在国家电网天津公司朋友的陪伴下，从入住的泰达国际酒店出门，信步来到位于泰达广场南侧的垦荒牛纪念广场。朋友是本乡本土的塘沽人，向我讲述了1986年8月21日，邓小平来天津经济开发区视察的情景。当时这方圆百里还都是荒芜的盐碱滩头，别说树，连草都不长，远远看上去，白花花的一片，更不用说用电了。开发区办公条件极差，只好借用丹华自行车厂的食堂做会议室向小平同志汇报。汇报结束后，邓小平提笔写下"开发区大有希望"，撂笔后诙谐地说："就这个容易（指题词），其他都不容易。"而今，邓小平题词的纪念碑就耸立在广场上。

朋友说："刘老师，我说了，您也许还不相信，20多年前，开发区范围内的年用电量，也不过几个照明灯泡的耗费，可如今却发展到20多亿千瓦小时。"夜色下，我拾阶走到这座由汉白玉和黄锈石构建的石碑前，举目四望，遍是灯的世界，光的海洋，禁不住生出万般感慨，这如花似锦的一切，不就是对邓小平题词的最好诠释吗？

我又想到草原那条小河。切莫低估了她的力量，无数条小河挽起臂膀，朝着一个方向奔流，就汇成了改革开放的狂澜。记得1992年，我在深圳蛇口出差半个多月。我惊异地发现，蛇口职工图书馆入夜座无虚席，许多打工妹在那里聚精会神地读书、记笔记。我驻足问一个穿戴时髦的打工妹："打工辛苦吗？"

她扬起带有几分稚气的娃娃脸说："你去试试就知道了。我刚来那会儿，累得每晚回来都哭上一场。"

"那你为啥还干呢？"我不解了。

她笑着说："乡下太穷了，在这累点，挣得也多，习惯了。"

后来，我把这段对话收到散文《打工妹》中。我在文中曾激情地写道：

蛇口工业大道上流出一条五彩斑斓的河。她们晃动着飘逸的秀发，操着天南海北的方言，掀起笑的声浪竟掩住了深圳湾的涛声。她们来自何方？大巴山？洞庭湖？北大荒？昔日的农家姑娘，乡下少女毅然步出穷乡僻壤，汇集到南中国海的滩头，去经受商品大潮的洗礼。她们一夜之间长大了……

岁月那条小河就是这样流淌过来的，不舍昼夜，流年潺潺，留下了青春的漩涡，划出了人生的轨迹。多少年后，同样生活在科尔沁草原的词作家乔悟义写了首脍炙人口的歌《我是一条小河》："没有大海的波澜壮阔／没有大江的气势磅礴／只有岁月激起的浪花朵朵／我是草原上的一条小河……"

悟义兄是我的同龄人，也是成功的企业家，他想必和我有着同样的感受：流年婆娑，有多少往事擦肩而过，逝水滔滔，匆匆而去，有悲有喜，有苦有乐，有失有得，恰如我在一首散文诗所言："好在一路追赶春潮，虽未中流击水，也饱览了人间春色。"

什刹海之韵

　　走进京城什刹海，周边的玉兰花开正当时，伴春风，依花香，水波潺潺，沿岸亭榭楼阁，古朴雅致，且韵味十足，若问何种韵味，我一时也理不清。

　　是延绵的京城古韵吗？700多年前，一路金戈铁马，坐了天下的元世祖忽必烈看中了金中都故城，喟叹灭金时，其宫殿毁于大火，但这一带的景致和水系吸引了这位开国皇帝的眼球。于是乎，忽必烈下诏在此建座新都城。1272年，元朝正式定都于现在的北京城。

　　我站在万宁桥头，翠柳倒影入水，微澜不惊，遥想当年，忽必烈宝马御驾，途经此处，圈定了大都的方位。那位受命设计规划元大都的近臣刘秉忠，将紧傍今什刹海，金时称"白莲潭"东北岸的一个圆弧点作为元大都的几何中心，设一条正南北向的子午线，即元大都中轴线。为此还曾立过"中心之台"石碑，在鼓楼稍微偏西处，离万宁桥也很近。

　　白莲潭就这般被纳入元大都城内，其水域一分为二，南部水域，也就是而今的北海和中海划入了皇城，名曰太液池，成了皇家圣地；皇城外白莲潭北部水域，元时称海子，明时称积水潭，清时称什刹海，所囊括的前海、后海和西海，为平民百姓生息之地。此后的什刹海一直为元明清三代京城规划和水系的核心。故尔老北京流传一句老话："先有什刹海，后有北京城"。

始建于元初的万宁桥，横跨前海东岸的玉河上，是单孔汉白玉石拱桥。古桥作为中轴线与大运河玉河段的交汇点，享有"北京中轴线第一桥"之誉。我倏然想到第一次踏上万宁桥，应当是1999年的那个秋天。我陪《谁是最可爱的人》中的主人公马玉祥去西山拜访魏巍先生后，乘车到天安门前留了一张影，尔后徒步回宾馆。我们沿着北池子大街，过景山东街、地安门大街，走了好远的路，看到前方有座古桥就信步而去。登上万宁桥，向北瞭望，那座重檐三滴水木结构的钟鼓楼近在咫尺，最初的印象是惊喜，回想起来，一次无意之举，竟让我们穿行了北半条京城中轴线啊。

我在万宁桥上徘徊，脚下的玉河也是一条流淌岁月的古河，这条河在元时叫通惠河，为南粮北运，漕运进京的通道，相传通惠河的名字还是忽必烈御驾过万宁桥时，为新修的漕道所赐。万宁桥为海子的入口，且设有闸口。清朝年间《日下旧闻考》一书引元朝《析津志》记述："万宁桥，在元（玄）武池东，名澄清闸，至元中建，在海子东。至元后复用石重修，虽更名万宁，人惟以海子桥名之。"

海子在元代还有汪洋如海的气势，由南方北上的漕船，沿大运河直抵这里。我想象着当年这一带停泊密密麻麻漕船的喧闹劲儿，渡船、码头、号子、人流……一个活脱脱的元大都交通枢纽场景。元代诗人许有壬泛舟游海子时，乘兴来了首词《江城子 饮海子舟中》："柳梢烟重滴春娇，傍天桥，住兰桡，吹暖香云，何处一声箫……"词中的"天桥"是指万宁桥，"兰桡"是小舟的美称。词中写了诗人眼中柳绿、烟雨、天桥、小船、香云、笙箫等盎然春色，挺接人间烟火气的，若再遇北宋张择端这般大师描摹下来，说不定又是一幅《清明上河图》呢。

什刹海最早称之为"白莲潭"。白莲为荷花的别称，又叫水芙蓉。这让我不禁想到宋代诗人杨万里写西湖的名句："接天莲叶无穷碧，映日荷花别样红"。自辽金年代起，什刹海就有大片荷花，水面除留有航道外，近乎为荷花所覆盖，可谓不是西湖，胜似西湖。有年夏日，我和来自故乡的作家朋友走进什刹海岸边的小酒馆，临窗吃了一顿地道的北京小吃。那会儿，一抬眼就可望到满池荷花，一塘莲藕。朋友说："草原上的蒙古民族曾是个游牧民族，喜欢逐水草而居，当年忽必烈定都北京，兴许就是看上这片昔日的'白莲潭'呢？"

"没错儿。"我深有同悟地说，"当年下乡插队的地方，就有一片草甸子里的'泡子'，一到夏日就开满荷花，附近牧民都喜欢赶着羊群来放牧。当荷花盛开的时候，连羊儿都跟着快乐。"

"对了，我想起来了。"朋友颇有回味地说，"我们那边的扎鲁特旗有个嘎查（村）就叫荷叶花，那里还有很大一片湿地呢。"

他的话让我一下子回到了梦中的草原，从文化到理念，科尔沁与北京原来竟挨得这般近。我们推门而出，沿着溢满荷花香气的水岸小径，走上紧邻万宁桥的金锭桥。手扶栏杆，可一眼望穿那片荷花的缤纷色彩，有白色、粉色，还有红色，微风一吹，荷花们穿着绿裙，摇摇曳曳，像是舞娘。

相比 700 岁高龄的万宁桥，23 岁的金锭桥算得上年轻后生了。一座三孔汉白玉石拱桥，未经历过那么久岁月风霜，却见证了什刹海进入 21 世纪后的风采。什刹海紧依北京中轴线，东邻南锣鼓巷，南邻北海、景山、故宫、天安门……现代京城，国际接轨的大都市化节奏，共和国跳动的脉搏都连着什刹海的心跳。什刹海是中轴线建造的基点，与京城一道穿越悠远的历史。如果说，什刹海至今还带有几分皇城根的古韵，那么数什刹海风韵还要看今朝。

我俩走近夏日的什刹海，一路可见现代"骆驼祥子"们，一派京味打扮，身着棕色对襟大褂，操一口京腔，登着红顶棚三轮车，一路侃着大山，逗得外地游客前仰后合。再看身边，胡同大爷依着汉白玉栏杆，悠闲地朝水面放飞各类花鸟风筝，引得游船的客人忘情地挥着手。还有一对穿着时尚的情侣，一人手里拿串冰糖葫芦，不光用心也用口享受着爱情的甜蜜。

若说什刹海最美的海，当为后海了。那里的夏日倍儿热闹，消夏、聊天、泡吧、K 歌，满满享受着老北京胡同文化的红利。进入夜色阑珊的什刹海，酒馆茶肆灯红酒绿，穿着时尚的年轻人喝喝啤酒，听听音乐，悠哉美哉；老字号前摇着大蒲扇纳凉的街坊们，说说笑话，聊聊家常，足以让人心旷神怡。这种以民俗为基调的平民韵味，与带有皇城根气息的古韵，形成了巧妙的反差。这种传统文化与现代文化的精巧融合，凸显了什刹海中西合璧、雅俗兼容的风情。难怪今天的什刹海，不光成了网红们竞相直播的打卡地，也成了新北京新京味的靓丽风景。

什刹海就像一条碧色玉带，将前海、后海、西海连缀起来。对这"三海"，老北京有个形象比喻，说像三节卧在水面上的莲藕，我熟知的银锭桥就是连接前海与后海的结儿。初识银锭桥源于对其名的兴趣。犹记 2009 年秋的一个下午，我和岩走近这座桥，只为验证是否如人所述像一块银锭，那年，是我来北京的头一年，也是我钟情什刹海的起始点。我伫立桥畔，迎面有中英韩三种文字的石碑，注明此桥"始建于明代，由于像一个倒置的银锭，所以叫银锭桥"。人说再恰当的比喻都是蹩脚的，我左看右瞧，倒还真有几分相像，

银锭桥边有块巨石，镌刻有"银锭观山"四个大字，听老人说，早年间若在桥上向西眺望，可一饱西山浮烟晴翠的眼福。这座单孔石拱桥始建于明代，有 500 多年历史，重建过，文脉也一直延续到今。古往今来，多少文人墨客，或泼墨于斯，或生活于此。像明代进士胡直的《春夜过银锭桥在禁城外北海子》诗："都城佳丽地，春夜喜重经。巨浸通银汉，长桥挂碧汀……"像清代诗人宋荦的《过银锭桥旧居》诗："鼓楼西接后湖湾，银锭桥横夕照闲。不尽沧波连太液，依然晴翠送遥山……"银锭桥不光凝固在诸多诗词歌赋里，也成为荟萃名人名家的文化桥梁。现代作家萧军曾住在银锭桥边，戏称居所为"银锭桥西海北楼"。这一带住过的历史名人还有元代大书法家赵孟頫、明代内阁首辅李东阳、清代大词人纳兰性德等。现代名人故居更是比比皆是：宋庆龄、郭沫若、梅兰芳、丁玲、梁漱溟、杨沫、田间等等，犹如璀璨星光照亮了什刹海的文化星空。从历史维度看，什刹海不光有璀璨光环的历史风景，也是带有书卷韵味的文化之海。

银锭桥掩映在什刹海秋色里，人在桥上，放眼望去，湖面映照出一层层泛着波光的涟漪，几只野鸭掠着水波在飞，仿佛在向秋日的什刹海告别。夏日有过的柳柳青青，也悄然换了颜色，一抹橘黄，一抹残绿。水中漂浮的落叶与摇曳的残荷，并未给我带来悲秋的感受，那黄橙橙的色彩，反倒平添了几分情趣。想想也是，什刹海四季都很美，无论何时何季，都散发出与众不同的韵味。

看什刹海的秋天，天蓝蓝，水青青，几抹金黄倒映湖面，几多莲藕结籽累累，那是收获的季节，充溢着秋的意蕴；再看汉白玉围栏之外，还有那么多脸上挂着惬意微笑的男男女女，我感触到了生活的暖意。

也就在那一瞬间，我脑海里迸出郭沫若先生经典散文《银杏》的文字："秋天到来，蝴蝶已经死了的时候，你的碧叶要翻成金黄，而且又会飞出满园的蝴蝶。"这传神的想象让我咀嚼了40年，我当年做中学老师时，还教过那篇课文呢。一想银锭桥离郭沫若故居，尚不足一公里，我和岩就意犹未尽地走了去，

什刹海一路秋色，在水中，在岸边，在花间，在愈来愈近的胡同里……

兴凯湖的梦之恋

兴凯湖就像上天遗落在大地上的蓝宝石，镶嵌在夏日的林野中。那蓝蓝的波光，深藏着岁月的梦痕，兴许还流淌着古老的传说。一弘幽湖间，我又来了，背着行囊，不是来揽胜，而是来寻梦。

站在高高的观景台，放眼一道漫无边际的湖岗，绵绵延延，将梦中的兴凯湖划为两块亮闪闪的瑰宝，左手边是小兴凯湖，右手边是大兴凯湖，好似一对孪生兄妹，隔着一道长长的湖岗，同享一轮湖畔的圆月，共沐一袭天边的晚风。

小兴凯湖宛若小家碧玉，温柔恬静，水淼不兴，俯瞰就像一面卵圆状的镜子，平铺在三江平原之上。陡然间，一艘橡皮艇像支利箭划开了静静的湖面，翻卷的浪花，惊起了鸟飞鱼跃，顿然唤醒了湖中的一帘幽梦。那可否是 7000 年前，肃慎人在兴凯湖边射出的那支响箭？

大兴凯湖犹如大家闺秀，湖天一色，漫无际涯，遥看就像椭圆形的蓝琥珀，横亘在中俄两国边界上。曾几何时，大兴凯湖还是一个神秘民族的浸润之湖，如果不是四十多年前，在大小兴凯湖之间的湖岗，有了

"新开流遗址"的惊天发现，有谁会料到这个曾经的"蛮荒之地"，竟然有过如此古远的历史。

那道绵延近百公里长的湖岗，从严格意义上讲，是大小兴凯湖之间天然形成的沙坝。湖岗的底色是沙粒的金色，外表却覆盖着生命的绿色。远远望过去，湖岗好似一条翠色长龙游向天际，两侧又各自镶嵌出一道"金边"，给人梦幻一般的感受。我不止一次行走在那道"金边"上，头顶蓝天白云，脚踏沙滩水岸，看那一顶顶草蓬伞，像湖边冒出来的草蘑菇，让我想到了肃慎人为渔猎搭建起的茅草棚屋。

我在兴凯湖见证了奇迹。那个东西300米长，南北80米宽的"新开流"，乍看不起眼，却揭开了远古的朦胧面纱：32座墓葬、10座渔窖和无数鱼鳞纹、网纹、波纹为特征的陶器和以渔猎工具为主的石器、骨器、牙角器等，似在诉说着肃慎人留下过的足迹和辉煌。那些罐、钵陶器的纹饰，以鱼鳞纹和似鱼形的菱形纹占多数，足见那会儿人们对打渔是何等的青睐。经有关部门测定和树轮校正，遗址距今年代为6080±300年，是一处有别于国内外其他新石器时代文化的、富有特征的遗址，因而被命名为"新开流文化"。

神奇的肃慎人，引发我浓厚的兴趣。一个活跃在7000年前的原始族系，在兴凯湖畔靠渔猎为生，繁衍生息，从而彻底颠覆了早先人们对"北大荒"渺无人烟的认知。经考古学家研究并证明，这个肃慎族系就是先后两度入主中原，建立金朝和清朝的女真人。他们的后裔满族成为了由56个民族组成的中华大家庭一员。

兴凯湖的梦之恋也记载着中华文明的进步与发展，就像兴凯湖的一簇簇浪花，闪烁着亘古以来从未歇息的波光。

兴凯湖曾是肃慎人梦中的家园，也是鸟儿梦中天堂。远天飞过来几只丹顶鹤，羽翼几乎是贴在湖面上飞，那雪白头顶嵌着一颗耀眼的"红宝石"，那翩翩舞动的双翅煽动起湖面几丝涟漪，似乎随波流向了诗和远方。

当地友人告诉我，兴凯湖作为亚太地区东部候鸟迁飞线路中极为重要的停歇驿站，每年都有铺天盖地的候鸟，分别从东南沿海、长江中下游、渤海湾，以及台湾、日本群岛、朝鲜半岛等地跨境迁徙。那些鸟群翱翔几千公里，如约赶来，到兴凯湖相聚，好一派蔚为壮观的自然景观。仅今年春上，就有超过200万只的候鸟途经了兴凯湖，那种遮天蔽日，万鸟朝湖的场景，吸引了数以千计的观鸟者，也上演了一幕幕"人鸟狂欢"的湖岸大戏。来自全国各地的摄影人也着了魔似的，在兴凯湖风餐露宿，或隐在林野里，或伏在沟坎上，或蹲在湖岗边，纷纷支起"长枪短炮"，以捕捉候鸟多姿多彩的精彩瞬间。

兴凯湖不愧为百鸟的乐园，为南来北往的候鸟营造了一个极佳的生态王国。沿湖的湿地、草丛和树冠上，成百上千的人工鸟巢，引来了"良禽择木而栖"。湖水顺着松阿察河这个唯一的出水通道从东北方流出，注入到了烟波浩渺的乌苏里江，一路都伴有成群结队的鸟儿飞翔，五色的羽毛在阳光下抖动，灵动的雀影在水面上划过。那森林中的百鸟在吟唱，那湖中的白鱼在潜泳，那花丛中的昆虫在低鸣，那湿地的蛙声在鼓噪，形成了不同旋律的和弦，是在鸣唱人与大自然的亲密接触，也是在讴歌人与花鸟鱼虫的和谐共生。

夏日，人们虽说错过了观鸟的最佳时节，可仍能看到有数不清的飞鸟不舍湖畔，它们或翱翔蓝天，或徜徉湿地，或嬉戏湖面。那白天鹅在水面共舞，上演着兴凯湖版的《天鹅湖》；那白琵鹭抖起双翼，掠过湖岗直插碧蓝的苍穹；那鸳鸯悠然凫水，双双在湖边传情；那千岁鹤在湿地里行走，在寻觅着喜欢的食物……也许远道而来的鸟类也感受到了兴凯湖的博大胸襟，每年跨境而过的候鸟都像是在赶赴一个超美的盛宴。

在兴凯湖博物馆，珍稀鸟类的标本和图片也让我大饱眼福，珍稀的一类鸟类，像东方白鹳、金雕、白尾海雕、虎头海雕、白头鹤、白枕鹤、中华秋沙鸭等都是兴凯湖的座上贵宾。这些禽类依托着兴凯湖湿地繁衍后代，构筑起自己的温馨家园。我不禁想起，那年秋天的一个傍晚，我和几位作家来到兴凯湖，看到无边的湿地摇曳着大片大片的芦苇。芦花如雪，在晚霞的余晖下，泛着银光，是那般柔和，两只叫不上名字的大鸟从芦苇荡飞出，也许是是不速之客，惊扰了她们的好梦吧。

"很多鸟儿都喜欢在湿地的芦苇丛中筑巢，生儿育女，"女作家高翠萍告诉我，"一旦周围有异动，就会惊醒鸟巢主人的美梦的，所以平时我们都尽量不去打扰它们。"她边走边说，"兴凯湖的周边像这样的大片湿地还有很多，它们与鸟类一同分享着兴凯湖的恩惠，也共同拥有一片素净空灵的白云和蓝天。"

这儿就是传说中的"候鸟的天堂"吗？原来呀，兴凯湖的梦之恋也会飞得很远很远。

我在努力想象着史前兴凯湖该是个什么模样？远古一次偶然的火山喷发，造成了地势的塌陷，形成了寥廓似海的大湖。兴许那会儿的水更蓝，草更深，鸟更多，林更茂吧。再后来，神秘的"肃慎"现身，为幽静的兴凯湖带来了人气，肃慎人与花鸟鱼兽朝夕为伴，历尽了数千年的岁月沧桑，其后裔和其他民族携手走到了共和国的今天。

这次来兴凯湖，湖岗的沙滩上，满眼都是密密麻麻的远方客人。他们从天南海北来此观鸟纳凉，享受着大自然带来的情趣，但见蓝天鸥鸟翔集，湖面游艇点点，湿地青草馨香……人站在波澜不兴的湖畔，心潮却在久久激荡，为眼前湖面的壮阔和秀美所震撼。这儿有江南水乡不曾有过的辽远与博大，有内地都市不曾有过的幽静与清新，如此风情，也只有兴凯湖方能独享其美了。

之前，我对"肃慎"这个名字还很陌生。五年前，我第一次走进兴凯湖，方了解到满族这个古老民族的前世今生。我从兴凯湖博物馆看到，从远古起，肃慎就与我国东北的部族和中原的部族有了交往。肃慎氏族也很早就同中原王朝发生了朝贡关系。虞舜时期，肃慎人即来朝贡。在舜 25 年时，肃慎使者还前来中原贡献了弓矢。

"肃慎"这个字眼最早出现在春秋时期的《国语》中。这是由左丘明编纂的我国第一部国别体史书，《国语·鲁语下》有言："仲尼在陈，有隼集于陈侯之庭而死，楛矢贯之，石砮，其长尺有咫。陈惠公使人以隼如仲尼之馆，问之，仲尼曰：隼之来也，远矣！此肃慎之矢也。昔武王克商，通道于九夷、百蛮，使各以其方贿来贡，使无忘职业。于是肃慎氏贡楛矢、石砮……"这里讲的是一个孔夫子与肃慎人的故事。当年孔子周游列国来到陈国，偶见在陈惠公宫中落下一只被"楛矢石砮"射中的猛禽。这种以楛木做箭杆，以青石做箭镞的箭有一尺八寸长。陈惠公派下属带着这只鹰，去到孔子住的馆舍去打听来历。孔子说："这只鹰来自很远的地方，它身上的箭是北方肃慎氏制造的。从前周武王打败了商朝，开通了南北方各少数民族居住地的交通，命他们拿出本地土特产进贡，使其不忘记各自所操的职业，于是肃慎人就向周天子进贡了楛矢和石砮。

与"新开流遗址"相印证的文献资料还有《山海经·大荒北经》："大荒之中，有山，名曰不咸。有肃慎氏之国"。肃慎人生活在兴凯湖一带广袤的黑土地，素以捕鱼为生，兼事狩猎和农耕。从文字记载看，早在西周时，兴凯湖就纳入了华夏版图。唐代因盛产"湄沱之鲫"而称为"湄沱湖"；金代因湖形如"月琴"而称为"北琴海"；清代改称为"兴凯湖"，且因是"龙兴之地"而封禁了200多年，却未能"封禁"沙皇俄国的窥视。1860年，一纸不平等的《北京条约》，痛使中国的内陆湖改变为中俄界湖，大半个兴凯湖划入了俄国版图。清王朝眼见国力衰败，不得以在清末解禁兴凯湖，始有垦荒者陆陆续续进入兴凯湖，又因地处边陲，仍未能改变人烟稀少的现象。20世纪50年代王震将军率10万官兵进军北大荒，兴凯湖也由此逐渐有了生机。兴凯湖集湖泊、沼泽、森林、草原于一体，千百年来都是大自然的宠儿，时值今日，这个满族祖先肃慎人的发祥地还保留着举世罕见的完整生态系统。

湖波荡漾的兴凯湖，沙底平缓，环湖多沼泽湿地，湖底多淤泥和腐殖质，想象得到远古时代，这儿群鸟翻飞，众鱼嬉水，肃慎人弯弓射雕的生活场景。一想到初见兴凯湖，那似曾相识，又相知的心境，我一下子就融入到蔚蓝色的静湖之中了。

哦，兴凯湖的梦之恋是如此多娇，又是如此多情，她虽不是大海，却有大海般的壮阔，她不是故乡，却有故乡般的亲切。

品清湖之约

也许是沉浸于湖光山色间的约定，整整过了十年，挽着新年的手，我又重回这片飞溅浪花的地方。承蒙主人盛情，我入住在汕尾品清湖畔的酒店，推开窗便可看到一碧万顷的波光，闻到一泓湖水的味道。一只白鹭从湖面跃起，蓝天上多了一片白絮般的云朵，苍山上多了一瓣粉白色的梅花。

十年前，一个秋雨绵绵的日子，几个人搭上小船儿，打着小伞，品着清清湖水，观着粼粼波光，享受着静湖捧出的至诚笑靥。极目尽头处，是一片绿荫交叠的湖畔绿地，几棵高高的芭蕉树分外惹人眼，那宽厚的叶片罩护着一串串开始泛黄的芭蕉，随着秋水微澜，细雨浅唱，我似乎悟到了雨打芭蕉的音符。我沉醉了，沉醉于当年与几位汕尾诗人，在湖上微雨泛舟时的浪漫。

濛濛烟雨中，我骤然想起与品清湖咫尺之隔的凤山荔枝林，其品种有妃子笑、桂味、凤花等，尤以"凤山红灯笼"最负盛名。虽说过了尝鲜荔枝的时节，但仍引起了诗人们的雅兴。我们聊起苏轼被贬谪惠州做宁远军节度副使时，留下的千古名句："日啖荔枝三百颗，不辞长作岭南人"。遥想当年，苏东坡落魄惠州，留下诸多诗篇佳作，这首《惠州一绝》最为有名。有人便推想，那会儿的惠州府就下辖了而今的汕尾，很难说，苏东坡任职惠州府两年零七个月间，就没莅临过汕尾的潟湖水畔，就没游历过静美的凤山荔海，就没尝过此地"妃子笑"的鲜美？

那天淅淅沥沥的小雨夹带着微微颤颤的海风从品清湖飘过。青黛山色与苍茫翠洲挽住薄雾的轻纱，仿佛有一双看不到的仙手在弹奏一把硕大的蔚蓝色湖琴，轻抚着平若镜面的湖光山色。这纯美的景致宛若一副连到天际的山水画，看得我痴痴入迷。

汕尾城坐于南海之滨，立于天涯之角。品清湖这座城中之湖的西南出海口即为汕尾港。早在一个世纪前，孙中山先生所著《建国方略》就将汕尾港列为重点发展的广东四大渔港之一。而今，孙先生的遗愿"超额"实现了，汕尾港走出了广东，一跃成了全国六大特色渔港之一。

品清湖那边的红海湾，距香港只有81海里。诗人柳成荫告诉我："在品清湖入海口，隔海相望，便是香港了。"我举目远眺，恍若望到了前两年游过的香港。那维多利亚港的夜景给我留下了蛮深的印象：七彩虹霓将沿岸商厦倒映水中，一会儿蓝，一会儿红，一会儿绿，如梦如幻。而品清湖那会儿的夜景，既无虹霓的闪烁，也无灯红酒绿的喧嚣，有的只是湖畔广场纳凉老人的休闲身影和嬉戏孩子的稚嫩笑脸。

一晃十年，再返品清湖，我宛若步入一个动感的色彩世界。应邀参加汕尾"中国首届散文诗节"晚会，来宾乘车到善美广场，去观赏无人机展演的光影秀。从坐到品清湖畔的那一刻起，我就彻彻底底被震撼到了。沿岸林林总总的楼厦都亮起霓虹灯，湖面掀起了层层涟漪，倒映的虹霓也展现出五颜六色的变形，如同硕大的万花筒，色彩斑斓，奇趣盎然，这让我顿生身在维多利亚港湾的感觉。

无人机组合的光影秀主题为：汕尾 2023：奔向海陆丰　才聚善美城。500 架无人机群排列组合在品清湖畔，随着无声的指令，基于先前创排好的轨迹程序，搭配以像素点为"神经中枢"的无人机群，载着 LED 灯芯陡然升空，夜空上闪现出无数奇异变幻的色彩与造型。"红色圣地""山海湖城""绿美汕尾"等七彩字幕，交替闪烁在广袤的星空，辉映于浩瀚的湖面，耳畔到处是发自内心的喝彩声，真的美极了。

坐在湖滨上的广场，置身于诗意的夜晚，我融入了品清湖畔的夜色里：远眺湖面挑着灯火行走的渔船，感受海风吹拂下湖畔绝美的夜色，闻着湖岸花香四溢的味道，注目品清湖优美的曲线……一条多彩的海岸线与品清湖捧出的浪花在冲我微笑。哦，大美的品清湖，渔歌唱晚的品清湖，沙鸥翔集的品清湖，面朝大海四季花开的品清湖……

在蒙太奇式的时光替换里，品清湖变得越来越美，越来越清澈了。从上一个十年起，我对品清湖就有一种神秘感。那年我和柳成荫兄从品清湖的码头登上一艘快艇，套上了红色救生衣，驶向浩瀚的红海湾。小艇劈开碧波，划开两道泛白的翻卷浪花，飞速驶离品清湖，直奔南海北部边缘的海域。海风拍打着我的脸庞，吹乱了我的华发。我双手紧紧攥住坐椅前的扶手，身子也逐随着波涛上下颠簸，时而冲上浪尖，时而跌入波谷，艇身剧烈地摇动着。头一次坐快艇出海，若说不紧张是假的，可我仍尽力保持着表面上的淡定。海风迎面呼啸，似乎在嘲笑我的胆量，人在大海里，方知晓何为"沧海一粟"。经历了最初的紧张，我返过身来，望着渐行渐远的品清湖，竟忘却了惊险刺激，还莫名其妙地想，这品清湖是怎么形成的，这湖里的水也是咸的吗？

返航时，快艇放慢了航速，"友好"地驶入了品清湖。兜了一大圈，我方了解到这由海湾演变成的潟湖足足有四个杭州西湖之大，号称中国内陆第一大滨海潟湖。我用手掬起一朵飞上艇舷的浪花，用唇沾了沾，咸滋滋，凉丝丝的。

"品清湖还真是咸水湖啊。"我少见多怪地说。

"是啊，早在宋代，品清湖沿岸的盐田就被开发了。"柳成荫说，"至今品清湖东岸和南岸还有两座盐场。"

我举目远眺，品清湖之外为浩瀚红海湾，因海湾封闭而形成湖是有据可查的：早在冰后期，冰川消融，海平面上升，海水侵入了汕尾和沙海花岗岩体之间，并逐渐在低凹处形成了溺谷湾，后因沿岸大沙堤的发育和向东延伸，而被半封闭为"潟湖"，进而形成了弧形大湾的品清湖。

品清湖因其海而生，因其湾而清。人行于湖心，我更能体味到大自然"沧海桑田"的神奇。此次来汕尾，从当地友人口中，我听到了从未闻过的专有名词"沙舌"，这是汕尾人对沿潟湖通道南侧向北延伸的边缘沙坝的称谓。千百年来，南海的波浪、潮汐、海风吹出了一条长长的沙坝，拦住了品清湾，诞生了品清湖。外海大量泥沙涌入了品清湖，在沙坝底部不断沉积，年复一年地拉长、变粗，而从内陆河流涌入湖里的河流也卷来大量泥沙，除却流入外海，也大部积淀下来。沙坝也就形成了天然防波堤，品清湖水由此变清了，还成为了天然的避风港。

我此行汕尾，有幸随天南海北的诗人作家们又上了一艘中型游船，环游了品清湖，愈发感受到汕尾山河的壮阔与俊秀。品清湖汇集了品清湖河、奎山河、赤岭河、赤古河、宝楼河等八条入海河流，穿越了汕尾红土地，形成了密如织网的水系。还有大自然的鬼斧神工，一次又一次的造山运动，在品清湖北部、东部和南部形成了山峦、台地、平原于一体的山水格局，九伯岭、烟墩山、羊牯岭、赤岭、尖山等群山环湖摆开，让群山四季染绿，伴流水潺潺。一座汕尾城就这般临海而生，依湖而旺，环山而活了。我依偎在游船舷窗忘情地瞩望，顿生出诗和远方的美妙憧憬。这就是古老而又年轻的汕尾，这就是山海湖城浑然一体的汕尾。难怪一进汕尾城，满眼都是湖光山色，那可是"一城山色半城湖"啊。

从地图上看，品清湖就像一枚碧绿的海棠叶，静卧在蔚蓝色的大海身边。品清湖与红海湾相连，拉起了一道多彩的海岸线，一面入海，三面环山，风平浪静，波澜不兴，可谓汕尾的风水宝地。

十年前的一个傍晚，我登上凤山凭栏远望，但见山脚下的品清湖停放着成千上万艘机帆渔船，煞是壮观。汕尾友人告诉我，品清湖是天然的避风良港，也是汕尾港的"生命湖"。这里云集着出海归来的渔船。渔民们常年累月地生活在大海上，在品清湖会享受难得的休养生息时光。出海前，他们成群结队地到凤山拜谒妈祖，祈福平安。从明末清初在凤山建祖庙的那一刻，习俗延续至今，当地渔民和商人都信奉妈祖，将其视为出海的保护神。那尊屹于凤山之顶的妈祖像是由468块来自妈祖故乡的花岗岩雕刻而成，一侧石碑镌刻有冰心先生题写的"天后圣母"四个红色大字。

凤山坐落于品清湖畔，因其形如欲飞的凤凰而得名。从山间瞭望品清湖，晚霞映照的湖面犹如一面椭圆镜面，波光金灿，山色携辉，舟楫穿梭，渔帆倒影。若登顶鸟瞰，目光延伸之处，但见壮美的汕尾城：水在湖中，湖在山中，山在云中，云在花中，花在林中，林在苑中，好一派南国城市风情。

此番来汕尾，我又登临了距凤山 30 公里之外的妈宫山，眼前依旧是山水相依，水天一色，我陡然有种步入仙境之感。诗人侯洁春走过来笑着说："剑钧兄，看，多好的风景，不想在这里买房吗？"我也笑着说："我哪用买呀，来汕尾就住你家呗。"我与侯洁春是交往二十多年的好友，如今相逢品清湖畔，自有说不完的知心话。这位来自科尔沁大草原的汉子，如今旅居汕尾，也缘于喜欢上了这片红土地。我们一道爬山阶，聊着蓝天下的湖光山色。他蓦然停下脚步，用手指着远方，甩出几句堪称"绝妙"的诗句："多美的汕尾啊，你看，站在这座山上，向东可看大江东去的一路扬波，向西可观绿荫参天的万山葱茏，向南可望南海的一碧万顷，向北可赏美不胜收的'漓江山水'。"

我被他用散文诗编织的"激扬文字"惊到了。我似乎一下明白了，何为"诗和远方"？我便记住了这灵动的诗语。一个不是对汕尾爱得深沉的诗人，是不可能涌出这般诗的金句的。

我恍然悟到，品清湖的无穷魅力源自汕尾的文化底蕴。品清湖是有灵性的，可以与人亲近，也可以与人交流。她犹如缀在红海湾畔的一颗闪亮的明珠，让碧波与海浪拥抱，将胜景与绝唱共鸣。

汕尾的海风携着湖风迎面吹来，似乎在与身边的山风相吻；品清湖拉起曲径通幽的长长栈道，仿佛在和风生水起的粼粼波光相拥。群山环绕的一泓湖水，不舍昼夜，在讲述一个美丽的岭南童话：海边有一座湖，湖边有一座城。

相约品清湖，今天我来了。

运河之源

一条河，一条大运河，一条京杭大运河，在我心里流淌了半个多世纪。

运河起初流淌在先父对故乡的回忆里，后来流淌在我的小学课本里，再后来流淌在我读过的张继、孟浩然、杨万里、王安石等的诗行里。张继笔下的"月落乌啼霜满天，江枫渔火对愁眠"，描绘的就是苏州城西古运河畔的枫桥古镇。王安石笔下"京口瓜洲一水间，钟山只隔数重山"中的瓜州就依偎在大运河扬州段与长江的交汇点上。于是乎，大运河之美，打儿时起就筑牢在我审美的制高点上，一提起大运河，眼前便会浮现出荷花、涟漪、枫桥、帆影、渔火、船夫、号子和桨声……

上大学之初，在阅读课上，读到了刘绍棠的《运河的桨声》，随着灵动的文字跃入眼帘，我看到了一幅幅唯美的画卷："运河静静地流着，河水是透明的、清凉的，无数只运粮的帆船和小渔船划动着，像飘浮在河面上的白云……"当有一天，我坐在他故乡的运河岸边，河水依旧静静地流，依旧透明清凉，依旧有白云飘浮在河面，可早不见了运粮的帆影和渔舟的桨声了。

在漫长的岁月流年间，我对京杭大运河的理解还只限于北起北京，南抵杭州的字面意义上，而对大运河从哪里来，又流到哪里去，还真的不甚了了。

春和景明之时，我是被"运河源，白浮泉"这句颇有魅力的广告语，吸引到"大运河源头遗址公园"的。迎面的白玉兰花开了，丁香花香了，海棠花美了。我远远就瞧见了一团幽湖隔于遗址一角，平面如镜，没有一丝微澜，而我心里的运河，却泛起了层层涟漪。此情此景，适逢赏花时，有花草相邻，有山水相依，置身古运河源头，领略白浮泉风情，还真有点美滋滋的呢。

白浮泉亦称龙泉，源自一座海拔不足百米的龙山，又称龙泉山、神山。休看这山不起眼，且莫忘了刘禹锡的那句名言："山不在高，有仙则名。水不在深，有龙则灵"。遥想当年，奉元世祖忽必烈之诏，郭守敬受命为元大都找水，虽历时数年，引了玉泉山水修建了通漕运工程，但还难适应元大都的城市发展和数十万人口之需。寻找充裕的水源，不光为了维持宫廷园林和百姓的用水，还要确保每年运几百万斤粮食进京的水路通畅，寻找水源地，也便成了朝廷重中之重的要务了。

我来到龙山脚下，抬头可见那条202级的砖石台阶，阶上醒目地标记着"龙抬头"字样，起意为游者每登几十级台阶都会抬头喘上一口气，即使皇上打此过也不过如此，故人人都可贵为龙人了。我拾级而上，那可不止几十级一抬头啊，眼见鸟儿在头上鸣翠，山花在脚边绽放，随处可见的苍柏古树，掩映在小桥流水的绿草丛中，仿佛都一一倾诉白浮泉曾有过的历史和辉煌，登几级就有一景，我可是要频频抬头呢。有位常来此山的背包客指给我，说山的那一边就是白浮泉源头了。登过台阶后，我没先去左侧很近的都龙王庙，而是急切切地去了郭守敬发现水源地的九龙池遗迹。那可是郭大人前后花费好多年周折才寻到的龙水啊。

我沿着蜿蜒小路行走，清风徐徐，满目葱茏，花香扑鼻，但见亭阁危岫，楼台绕池，碑石林立，古色古香。恍然间，我感到了龙脉久藏于此，可谓名副其实。忽见一行鹭鸟从天依次而落，齐聚到不远的鹭影台上，我方省悟到，每年四五月间，都会有鹭鸟从南飞回北方。又一想，当年京杭大运河可绝非候鸟啊，自从白浮泉的引水连通了元代古运河，无论冬夏，无论南北，运河漕运，都会千帆竞发，直达京城的，那可是持续了好几百年的水运盛景啊。白浮泉，这个运河之源确为功不可没。九龙池遗迹近在咫尺，我想象得出：郭守敬当初踏破铁鞋，登上这座名不见经传的小山头，意外在龙山和山麓间发现了白浮泉，从岩缝碎石间喷涌而出，其水势丰沛如潮，浩浩奔流若江，那是一种何等亢奋的心情呢？

站在龙山，眺望蓝天白云下的隐隐远山，我难以理解的是，在连绵群山之外，这是一座貌不惊人的孤山，且距玉泉山泉也有几十公里，却为何冒出个汪洋一片的白浮泉呢？我看了看周边地形，泉水发自龙山东北麓，半山腰有一块盆地，那泉水是从山间像脱缰的骏马般喷放而出，聚成一泓深潭清水。因山下有个村庄叫白浮村，故尔就称之为"白浮泉"了。

明初那会儿，白浮泉又做了人文景观的改建，特设了碑亭，下有九个石雕的龙口，池壁用了花岗岩，龙头用汉白玉雕刻，嵌入石壁，泉水就从九个龙口中喷出来了。这便是昔日"燕平八景"之一的"龙泉漱玉"了。

据乾隆年间的《日下旧闻考》记载："潭东有泉出乱石间，清湛可濯。"这即为30米深的九龙池了，泉水从深潭北沿溢出，形成数十丈宽的扇形水面，滚滚流向远方，足见当年山泉汇流的万千气象。而今尚见九龙池周边的山石已被泉水洗磨得光滑圆润，是数百年泉水冲刷的魔力使然。

遥想当年，滔滔泉水就这般源源不断地注入深潭，进而形成元代京杭大运河最北端的水源。一举实现了郭守敬上书忽必烈的愿景：修建白浮瓮山河，引龙山泉水，以济漕运。对此，元代官修地理总志《元一统志》有述："自昌平县白浮村，开导神山泉，西南转，寻山麓，与一亩泉、榆河、玉泉诸水合。"

我眼前仿佛再现出一条神奇之河，滚滚河水始于白浮泉，西折向南而去，过双塔、一亩泉、温榆河、玉泉河等水系，经由瓮山泊（今昆明湖）至积水潭、中海、南海，又从文明门（今崇文门）东南出，一路流至通州高丽庄（今张家湾），再入白河（今潞河），总长为82公里。这条由郭守敬主持修建的漕运河道，由忽必烈赐名为"通惠河"，也即为今北运河的故道。

九龙池遗迹在岁月的流逝中并没有沉睡，而是在久久地沉思。她以其百年的沉默，无声地昭示元代大运河的历史，似乎在用这块无字丰碑来验证：中国人开凿了这条由白浮泉到瓮山泊的引水河道，是何等英明与智慧。水是一个城市生存的命脉，正是这条引河的开凿，确保了北京自元大都始，得以延续元明清三朝古都，长达700多年之久。最初，京杭大运河的北端终点在通州，通州到京城的水路运输，一直是个难解之题。幸有这条引河，实现了漕船可由杭州直达大都，这是人类文明发展到一定高度和水平的历史见证。难怪著名古建专家罗哲文坦言："如果没有这条运河，北京城可能就修不起来了。"

大运河源头遗址还记忆着曾有过的高光时刻。九龙池边生长的古柏、国槐、垂柳，油松、榆树也都不舍昼夜，守护在这里，有的盘根错节、嶙峋峥嵘，有的枝繁叶茂、郁郁葱葱，有的柳絮飘然、枝条吐翠。它们都在不同年代见证了白浮泉的往昔和今朝。

大运河源头遗址，早已不见了当年汪洋水系的磅礴气势。清朝中晚期，随着大运河（北京段）漕运的日渐衰落，这一带的引河故道也断流，甚至消失了，大运河的源头白浮泉也几乎被世人遗忘，此地一度空余苍夷的楼台亭阁和稀疏斑驳的古树，留下了一种残缺的美，这怎能不让人扼腕慨叹。

我从九龙池遗址拾级而上，不远处就是都龙王庙了。院内有两棵古柏，以甬道为轴心，分立东西，苍黛交映。龙山之顶的龙王庙，可是北京唯一以"都"字冠名敕建的建筑，被尊崇为燕北龙王庙之首。都龙王庙建于元初，明弘治八年的碑文写道："白浮村北凤凰山上有都龙王庙，乃前朝所敕迄今犹存。"言及此庙缘于白浮泉之水，化解了运河漕运入都之难，元帝颜大悦，随敕赐在龙山顶上建都龙王庙。

都龙王庙坐北朝南，由照壁、山门、钟鼓楼、正殿及配殿等建筑组成，带有鲜明的金元建筑元素。我穿梭于期间，见有明清修庙记事碑六块，记述了那会儿百姓祈雨、修庙的热闹场景。庙的最南端为钟鼓楼，足见都龙王庙的等级是很高的。

放眼院落，我感受到了都龙王庙的气场。明清那会儿，都龙王庙以"祈天祷雨最为灵感"而负盛名。庙殿后的石碑记载，都龙王庙的影响力，向南延至廊坊的大城，向北影响到密云古北口，从正殿两幅巨幅壁画中，我也能感受到远近百姓求雨的虔诚之至。

我站在龙山顶上，一眼望到了山脚下的龙泉禅寺群落。民间俗称都龙王庙为上寺，龙泉禅寺为下寺。现存碑文说，此寺旧时称"海角龙泉梵苑"。明朝景泰年间，还进行过修缮和立碑，赐名为"龙泉禅寺"，延至清代禅寺依然梵音不绝，至乾隆时期规模尤盛。这一番游走，我顿然大发慨叹：一座山，一座庙，一座寺，因一泓白浮泉而闻名遐迩，想必国内外也绝无仅有的。

在龙泉禅寺，我一下子便被"大运河源头历史文化展"吸引住了。展览以生动的实物、图片、视频，以及互动屏幕等科技手段，重现了大运河以及白浮泉的历史和现实价值。我与这儿的工作人员聊天时得知，2014年2月间，因修建北京地铁昌平线二期线路的五个站点，全部为地下线路，就需要对昌平区境内20世纪60年代兴修的"京密引水渠"进行截流改造。勘测设计人员在实地勘查后，确定了一条月牙状的弧形施工线，正当他们着手施工时却惊异地发现，早在700多年前，这一带就有条引水河故道，几乎与他们的引水线路是重合的。我顿然浮想联翩：以21世纪水利勘测的科技水准，来验证13世纪引水工程的勘测精确度，足以说明元代的水利勘测水平是何等超前啊。当年，郭守敬发现白浮泉的地势比西山山麓高约15米，便设计出白浮泉水先向西引，汇集沿途诸水，流入瓮山泊的引水路线。就是这条30公里长的月牙形引水渠，神奇地解开了这一西高东低，却要东水西流的难题。那条引水故道就是"白浮瓮山河"。他最早提出以海水平面作为高程起算的基准面，这一概念要比德国数学家高斯提出的海拔概念早了560多年。

我的目光紧紧地盯着那幅"白浮瓮山河"示意图，这起源于龙山的一泓白浮泉，曲曲弯弯，竟"盘活"了一条通向元大都的黄金水道。元代文人黄文仲在《大都赋》做了如是描述："华区锦市，聚四海之珍异，歌棚舞榭，造九州之秾芬。"可谓盛极一时，美极一时。那一刻，我似乎看到了那8000多艘运河漕船，每天川流不息地把自江南而来的漕粮运到积水潭码头，天南海北的货物也都在此集散，好一派舳舻蔽水、千帆竞泊、水润京城的繁华景象。

那一刻，我不由想起父亲曾给我讲起过，他对故乡大运河（临西段）的印象。临西曾为古临清的主体，是临河而生的千年古县，直到上世纪60年代，方与山东临清分开，划归河北邢台。大运河在宋代时称为御河，又称卫运河，其临西段是京杭大运河的一部分，河水就在父亲故乡的门前流过。父亲说老家除了卫运河的水光山色，还有临清古城遗址、净域寺和万和宫的古迹风光。儿时，他常坐着爷爷摇的小船去打鱼，看惯了河面上那蔽日的帆桅，听惯了艄公嘶哑的号子，还有那净域寺悠远的钟声……

哦，一条河，一条大运河，一条京杭大运河，流淌着多少中华文明的波光和悠悠岁月的涛声。春天里，我站到了大运河之源，满怀春意和深情地道一声：

美哉，大运河；壮哉，大运河。

卢沟桥的神韵

走近卢沟桥，我总有种梦之幻的感觉。也难怪，卢沟桥原本就是一道充满诗情画意的风景，故而八百年间，引无数文人骚客、达官贵人、皇帝老子驻足。金朝翰林学士赵秉文《卢沟》有诗为证："河分桥柱如瓜蔓，路入都门似犬牙，落日卢沟桥上柳，送人几度出京华。"

爱人在高校执教政史，似乎比我更了解卢沟桥。她说，最初只有浮桥或木桥连接卢沟河，金朝定都燕京后，这里成了南方各省晋京的必经之路。车水马龙，行人簇拥，浮桥和木桥都难以适应进出皇城的需求，才有了以花岗岩为桥体的卢沟古桥。

远山、近水、晓月、美桥，勾勒出"卢沟晓月"的意境，其千古流传，也足见卢沟桥之唯美。国家博物馆藏有元代《卢沟运筏图》，将卢沟桥下木筏顺流而下，桥上行人策马驱车、步行担担，以及岸边茶肆酒馆、商铺旅店的繁华景致描绘得淋漓尽致。若游人悠然上桥，观河水鳞波，赏晓月如霜，可深切体味到"卢沟晓月"之诗意，有人将其归结为卢沟桥的神韵。不过，在我看来，卢沟桥不光是我国古桥梁建筑史上的绝美佳作，也是中华民族精神的历史符号。卢沟桥作为"七七事变"的爆发地，客观成为了动员全民抗战的策源地。因而，卢沟桥的神韵在某种意义上讲是只能意会，不能言传的。

我在卢沟桥头凝视着古老的石狮、庄严的华表、恢宏的碑亭、沧桑的石板……心中漾起脉脉深情，仿佛在与一位八百多岁老人促膝谈心。遥想历史，"卢沟晓月"的婉约景观，让多少文人墨客流连忘返，而日寇的铁蹄却使古桥蒙受了血雨腥风。当年卢沟桥保卫战谈谈打打，打打谈谈，一共持续了二十二天，卢沟桥几次易手，又几次夺回；回龙庙一仗，中国守军两个排六十名官兵全部壮烈殉国，日军死伤数倍于我。是卢沟桥的神吼唤醒千百万民众走向抗日前线，是卢沟桥的神魄激励无数后来人振奋起前赴后继的民族精神。

如今卢沟桥天蓝水碧，越来越年轻了，可有谁知晓三十年多前的卢沟桥还打过一场"卢沟桥保卫战"呢？在郭景兴先生寓所，我倾听过这般述说：

1979 年，郭景兴受命创建卢沟桥文物保管所。上任伊始的那天清晨，他老早来到卢沟桥，还没走上几步，身后便传来重载车沉闷的碾压声，脚下桥面也震颤不已。他记起解放初期，这儿的天是蓝的，水是清的，桥面也没这么宽，可眼下桥两侧都用钢筋水泥过梁悬空展宽了，车辆一过，就像轻微地震一样，久而久之，桥的栏板和望柱已震出很多裂缝。

"这可如何了得！"郭景兴抚摸着栏杆，心也在震颤，"卢沟桥在永定河上挺立八百年，又历经抗日烽火洗礼，若在我这个文保所长任上损毁，我岂不成了历史罪人？"不久，一份卢沟桥亟待修缮的紧急报告摆放在北京市、丰台区政府、政协领导的案头。随之，卢沟桥破损情况的详实数据和让古桥退役方案在京城引起强烈反响。

那是一场灵魂的肉搏，那是一场良心的较量。论证会上，许多政协委员声泪俱下，却引发激烈争论。"你知道什么叫桥吗？"有位交通官员指着时任北京市政协副主席廖沫沙的鼻子大声说，"桥是为通车的，通车时间越长，价值才越大，你们说不许通车还叫什么桥！"与会者被这无端指责震惊了，廖沫沙却平静地说："卢沟桥的作用不仅仅是一座交通的桥，还是通向古人心灵的桥，有这座桥的存在，我们就能与古人进行对话，我们能跟世界对话，如果让它损坏了，我们怎么对得起后人？我们不能再做那种损坏中华文明、中华文化的事情了！"

争论让人们重新认识到古桥的真正价值：卢沟桥的名字是和中华民族历史连在一起的。以全国政协常委萨空了为首的十三名政协委员联名给北京市长写信，要求"抢救卢沟桥"。一场修复保护古桥的战役打响了，并最终促成北京市政府兴建卢沟新桥，让卢沟桥退役的决策。

我久久徘徊在卢沟桥畔，寻觅着古桥修复的印迹。桥面清除了沥青，拆除了加宽的步道和混凝土挑梁；古桥望柱、拦板、华表、石碑等处实施了防风化、防渗漏处理；石桥中间空出印心，保留了历史原貌。

放眼望，这座让我浮想联翩的古桥梁建筑，引发我幽远而现实的遐思：当年为捍卫卢沟桥，有无数抗日将士血染沙场；如今为保护卢沟桥，又有无数有识之士呕心沥血。是他们的共同奋斗，让一座伤痕累累，不堪重负的古桥重焕勃勃生机。这就是中华民族五千年生生不息的历史缩影，这就是中国人屹立于世界民族之林的伟大神韵。

凤凰灯影

　　一条乌篷船摇在沱江灯影里。船身两侧挂满了长串红灯笼，船舱内嵌有几个小木凳，一张小方桌摆放正中，像个流动的水上客厅。我坐在船首那串红灯笼下，眼见船头纷繁的水花，在月光下惬意地跃动，泛着点点灯映出的暗红色。凤凰古城，这条在沈从文先生笔下半睡半醒的沱江，重又抖擞起精气神儿，漫江流泻的是岁月的斑驳剪影，群山环抱的是时光荏苒的梦痕。一座古城，一位名人，早在百年前就与沱江携手为伴，续写了一曲年代悠远的凤凰城传奇。沱江两岸，那一栋栋吊脚楼的灯火，连缀起一道道亮眼的灯链，一眼望过去，整座古城也仿佛连缀起一位文学大师的诗和远方。

　　我大老远跑过来，可不光为欣赏古城夜色，那穿越时空的回望，兴许比灿艳的光影更具魅力。满街的青石小路，满眼的老宅灯影，承载的是古城厚重的记忆。我来了，是来寻梦，也是来朝拜。这会儿我方发现，所有的语言都是古城的灯影，所有的灯影又都是岁月的目光。我好想对沱江灯影敞开心扉，畅游在他那流动的文字里，品读、领悟、顿开。

来的路上，我走过苔痕茵绿的古虹桥，仿佛看到一个小男孩从江畔那叠瓦层砖的老宅跑出来，踩着铺满绿苔的青石小路，越过印染沧桑的石桥拱门，光着小脚丫扑入江水里，那翻卷的雪浪花，化作了日后洋洋洒洒的文墨。在他的字里行间，沱江是有生命的，滋养了凤凰古城，也滋养了他的文思。古城就在"万山重叠，大小重叠的山中……一道小河从高山绝涧中流出，汇集了万山细流，沿了两岸有杉树林的河沟奔驶而过"（沈从文《我所生长的地方》）。他就生长在那般幽静的小城里，快到十五岁那年，方背起行囊挥手从兹去。

灯影里的凤凰城是有记忆的，知悉这个喜欢水边戏耍的小男孩，是喝着沱江水长大的。至于故乡月光下的沈从文是什么模样？我没能从他的文字里找到一鳞半爪，但我在古城的灯影里找到了，在万古明灯笼罩的虹桥风雨楼之上，在霓虹闪烁的万名塔和镇江塔之间。我仿佛看到他梦中徘徊在湘西古城与达摩寺间的沉思，原来啊，有梦最终还是会做的。

宛若有一个遥远的声音："梦里来赶我吧……尽管从梦里赶来，验了我所画的小堤一直向西走，沿河的船虽千千万万，我的船你自然会认识的"（沈从文《小船上的信》）。这是他在旅途中，俯在船舷写给夫人张兆和的一封情书，小船虽在故乡之外远行，但也是带有沱江意韵的。

沈从文的生命小船是从沱江划走的，伴着凤凰灯影驶向了文学远方。如果时间之水可以倒流，我好想追寻先生的小船，从沱江再摆渡一次。在江水中，用桨板搅去我写作的困扰；在灯影中，用浪花润湿我空落落的心绪；在月光下，我愿借吊脚楼的倒影，摇出煽情的心动；在晚风中，我愿吹拂去落在心灵上的浮尘。我好想回到那个遥远的年代，坐在那带有墨香的船头，伴着凤凰灯影，手捧身边的《边城》《长河》《湘行散记》，从早读到晚，用心灵去品读每一个字，把浮躁和杂念踢进水里，然后逐随先生的身影顺流而下……

我在沈从文故居见到过一幅沱江岸边的黑白照片。那是1982年5月，老人家和夫人在黄苗子夫妇陪伴下，最后一次回到阔别的凤凰城。已是满头银发的沈从文和张兆和坐在江边石阶上面带微笑凝望远方。那一刻，他脑海里可否再现了"江水缓缓流淌，流过了艄公的号子，流过了两岸世世代代的人家，汇入峒河，奔向沅江"的场景？（《从文自传》）。如今艄公的号子不见了，可在凤凰灯影下的江水还在缓缓流淌，依恋地从沱江畔的听涛山，他的墓地旁悄然流过。

沱江水在灯影里泛起浪花，那可是沈从文眼中的泪花？我久望着他曾和小伙伴嬉戏于始建于明洪武初年的风雨楼，想象着他独坐沱江边，看乌篷船头渔歌唱晚的背影。离开凤凰城许多年后，他对这条母亲河还是一往情深："我感情流动而不凝固，一派清波给予我的影响实在不小。我幼小时较美丽的生活，大部分都同水不能分离。我认识美，学会思索，水对于我有极大的关系。"（《从文自传》）。

乌篷船穿行在沱江灯影里，两岸也逐随波光幻为流光异彩的油画。那临水而驻的民宿、酒吧、咖啡馆、小吃铺、服饰店、旅拍店，林林总总，花灯如昼，游人如云，真可谓名不虚传的"夜凤凰"。而我想到的是：沈从文对这些现实版的景致也许不大会入脑的，唯有植入记忆影像中的乡情和乡音，方是他一生的最爱。

那年沈从文回故里，在黄永玉老屋的院里吃茶点，他静静地喝着豆浆，对家乡的油条赞不绝口，连声说："小，好！"在黄永玉的记忆里，他的这位表叔念念不忘的是家乡的"傩戏"。那是湖南沅陵辰州的传统戏剧，源于远古时代，早在先秦时期就有既娱神又娱人的巫歌傩舞，明末清初发展成为傩堂戏、端公戏。傩戏于康熙年间在湘西形成后，由沅水流入沱江一带。那天下午，沈从文、黄永玉和一行十几位友人带着锣鼓上院子唱"高腔"和"傩堂"。"头一句记得是'李三娘'，唢呐一响，从文表叔交着腿，双手置膝静穆起来。'……不信……芳……春……厌、老、人……'听到这里，他和另外几位朋友都哭了。眼镜里流满泪水，又滴在手背上。他仍然一动不动。"（黄永玉《这些忧郁的碎屑——回忆沈从文表叔》）。初读此处，我也不禁潸然泪下。思乡之情，人皆有之，但此时无言胜有言，望乡唯有泪千行。

我环望沱江两岸的万家灯火，一江春水顺流而下，流逝的岁月里，有多少乡情为依山而立的禅寺所掩映，又有多少乡音为临水悬空的台楼所阻隔，但千山万水，仍难以阻挡大江东去后的涛声依旧。

凤凰灯影里的乌篷船披一篷彩光，远离了北门码头悠然前行，我沉浸在光影交错的美妙诗境里，忽闻岸上吹来缕缕花香的芬芳，一江春水之上，卧伏着12座形态迥异的桥：虹桥、木板桥、汀步桥、南华桥、风桥、雨桥、雪桥、雾桥、云桥、月桥、玉带桥、水车断桥，每座彩桥都宛若一个星座，在古城投射出璀璨星光。

光影下那一艘艘穿梭往来的乌篷船，呈鱼形，窄而长，犹如一条条浮出水面的黑鲸，在光的大海里惬意地游荡。我恍然想到，当年这位湘西少年也许就是划一叶乌篷船驶出凤凰古城的吧？就此故乡的灯影就铭刻在他的脑海里了，即便日后走遍了天南海北，他的文字依旧离不开故乡的那山那水。上世纪70年代，沈从文来到江南古镇锦溪，那里的每一座石桥，每一条小巷，每一户老宅，每一条乌篷船，每一块青石板，都让他想起凤凰古城的一草一木。他凭栏天水桥上，凝望着乌篷船划出的桨痕，脱口称锦溪"宛如睡梦中的少女"。我到过千年古镇锦溪，回想起来，那江水穿城而过，街巷傍水而立、拱桥联袂而列，乌篷穿梭而行，与沱江边的凤凰古城还真有异曲同工之妙呢。

先前一提乌篷船，我自然地就与鲁迅笔下的乌篷船联想到一块。鲁迅在小说《社戏》里写道："这时船慢了，不久就到，果然近不得台旁，大家只能下了篙，比那正对戏台的神棚还要远。其实我们这白篷的航船，本也不愿意和乌篷的船在一处，而况并没有空地呢……"乌篷的船是相对白篷的船而言的，在我眼中，文学语言中的乌篷船远比白篷船更能吸引读者眼球的。鲁迅先生的胞弟周作人就专门写过一篇散文《乌篷船》。前些年我在绍兴水巷坐过乌篷船，今晚登临乌篷船在沱江泛舟，居然也感受到几分江南水乡的风情。原来鲁迅故乡绍兴城的乌篷船与沈从文故乡凤凰城的乌篷船竟如此契合。看乌篷船外观依旧，可动力却从划桨换作了马达，这是否也意味着时代变迁了？

我坐乌篷船从三亭阁式的雾桥穿过。这是一座很有特色的廊桥，两边是单体式亭，中间是复式楼亭。桥上的灯影与两岸的霓虹交相掩映，灯雾里，有种浪漫的情调。"在青山绿水之间，我想牵着你的手，走过这座桥，桥上是绿叶红花，桥下是流水人家，桥的那头是青丝，桥的这头是白发。"这是沈从文《致张兆和情书》中的绝美情话，桥的两端连接的是青丝和白发，这就是一生的情和爱。我想这多情的文字，不光光是给爱妻的，也是给故乡的。那绵延的远山，湍流的沱江和沧桑的老宅，都从他笔尖上流泻出深深的爱恋和淡淡的忧伤……

彩色的射灯划破了沱江静谧的夜空，光束映衬着吊脚楼、清溪沙湾、万名塔、夺翠楼的倒影。一缕晚风轻拂而来，送上一曲婉约的歌声。寻着歌声瞧过去，水中一座以荷花和荷叶簇拥的竹筏舞台上，有位头戴嵌红的银凤冠，一袭红长裙的苗家美少女，手撑一把红油纸伞，在倾情唱一曲多情的歌："秦时明月映沱江，烟雨落凤凰；虹桥上你回身举步望，阁楼惹秋霜，你说爱我时的模样和千年前一样……"

"看到了吧，那是我们凤凰城的翠翠在唱情歌哩。"站在船尾的船工提醒我，"在凤凰城，每晚 7 点到 11 点钟，翠翠姑娘都会来江上唱歌表演的。"他一边说着，一边将乌篷船驶向"翠翠"。哦，那可是小说《边城》里的翠翠？我恍然想到刚入住到温德姆温泉酒店时，一推房门就见床头柜上摆放一部精装本的《边城》，封面盖着"非赠品"的印章。我翻了翻那熟悉的文字，顿生几分暖意，为这家酒店的贴心安排，也为沈从文作品在故乡受到这般礼遇而感动。

《边城》里翠翠的故事并非发生在凤凰城，而是在 100 公里外的湘西小镇茶峒，但我在书的文字中，分明看到了凤凰城的影子。茶峒的翠翠就像凤凰城的翠翠，她们都是湘西山水孕育出来的苗家少女，美丽、大方、温柔、善良、多情。她们在不同的年代，一道坐在湘西水边吟唱。同样是群山脚下的边城，茶峒水边有座白色小塔，凤凰水边有座万名塔，都诉说着同一个凄美的爱情传说。我不止一次读过先生的这部小说，每次都沉醉于文字的诗意之中。原来小说也可以这样写：融写实、寻梦、想象、思索于一炉，就像凤凰的灯影，将无数的光束，无死角地投射过来，凸显出人性特有的风韵与神采，也坦露出对人生的隐忧和对生命的思考。

乌篷船划破一江光影，径直朝翠翠的竹筏舞台驶去，小舟越来越近，我甚至可见她凤冠上的银花、凤鸟、蝴蝶，那凤冠上的银饰在轻轻摆动，还有那张令人心动的俊俏脸庞。周边好多船也朝这边拥了来，还有人唤着"翠翠"的名字。翠翠微笑着挥动手中的红纱巾，伴着那婉约的歌声，那把红油纸伞也随即飘落在竹筏上。翠翠裙裾飘飘，婆娑起舞在灯影里，真的美极了。边城。江水。翠翠。在时光的隧道里，茶峒城仿若静止在了沈从文的小说里，而凤凰城却仍在续写边城的传说。一代文学大师就沉睡在沱江水畔，他每天都在"听涛"，听笔下的翠翠吟唱昨天的故事。

我徜徉在凤凰灯影里。在褐色跳岩的小桥下，掬起一捧沱江水上的月光，我心醉了，醉在了红红绿绿蓝蓝橙橙的光影里。江上的乌篷船和游船大多折返回北门码头了，但同我一样意犹未尽的外乡人还在沱江两岸的街巷里夜游，像在找寻古城逝去的岁月和尚存的风情。古城的名字源自于城西南一座酷似凤凰，昂首展尾的山峰。远在明朝隆庆3年（公元1569年），明廷在凤凰山设置一座军营，并以凤凰山为号，称作"凤凰营"。到了清朝康熙39年（公元1700年），清廷在凤凰营西侧设"凤凰厅"。据乾隆年间《凤凰厅志·山川》载："凤凰山，城西南六十里，即今凤凰营，凤凰通判初设巡署于此。"再到民国2年（1913年）改凤凰厅为县，名凤凰县，相沿至今。

一座古城依山傍水，美得让人入迷忘情，可谓老天爷在赏饭吃，看看天南海北，云集于此的中外游人便可知了。伫立在沱江边，我顿然明白了沈从文何以能写出像《边城》这般神奇的"牧歌"小说了。他将魂牵梦萦的湘西故乡描绘得犹如水墨丹青，如此多骄，如此迷人，又如此荡气回肠。是故乡的这片沃土，孕育了一棵参天的大树，滋生了一代文学大师。好山好水好风光，化为先生取之不尽的创作源泉，而先生这些绝美的文字又反哺故乡，将凤凰古城推向了全世界。

凤凰城的诗意画韵，倾注在沱江的灯影夜色里。走累了，我默默地坐在江岸的石阶上，对着倒影入画的水面出神，一轮弯月当空，高高低低的吊脚楼列着方队，将修长的双腿伸进江水中，身子骨却紧贴在陡峭的岸岩上，远远看上去参差错落，却颇有仪式感，犹如江岸列队的气宇轩昂的仪仗兵，守护着凤凰城的母亲河，再看那一扇扇闪亮的窗口分明是一双双深邃的眼睛。

我顿悟：沈从文的作品为何一提到湘西就写吊脚楼了。在《边城》书中，吊脚楼的描写就与翠翠暗恋的青年水手傩送有关，因为他家就住在吊脚楼上。傩送是当地船总顺顺的二儿子，又称"二老"，他和哥哥天保"大老"同时喜欢上了老船夫的外孙女"翠翠"，"去年的端午节，翠翠和爷爷（当地外公的称谓）一起，在顺顺家的吊脚楼避雨时，没有见到二老，却认识了大老和顺顺。"（《边城》）。当时船总夸翠翠漂亮，还送他们鸭子和粽子。她外公还笑谈要外孙女嫁给大老，可哪知翠翠情窦初绽，喜欢的却是"远在六百里外青浪滩的二老"呢。只可惜到后来，二老因大老意外之死而愧疚地离家出走，"这个人也许永远不回来了，也许'明天'回来！"留给苦恋的翠翠是漫无尽头的等待，留给读者的却是人性的善和美。从先生的书中，我感受到他对故乡的眷恋，对大自然的感怀，对人间真善美的向往，还有对岁月静好的理想境界的想象。

沱江边的大水车转动着亮晶晶的水色，群山下的吊脚楼流动着梦朦朦的灯影，天幕上似乎交替映现出了两个翠翠，一个是茶峒的翠翠，一个是凤凰城的翠翠；一个穿古朴青衫，一个着亮眼红裙；一个美丽而凄婉，一个漂亮而开朗。显而易见，凤凰城的翠翠更理想化了，而沈从文书中的翠翠更贴近生活。要知道，1933这一年，沈从文在张兆和的陪伴下创作了《边城》，也就在这一年，他们结了婚，收获了爱情。因而他笔下的翠翠，有美丽与善良的个性，也有心上人的背影，她的美何尝不是已融入到凤凰灯影了呢。

灯影中的吊脚楼群，一半悬于江，一半依于岸，颇有气势。人说这是中国规模最大的吊脚楼群了，有十三栋是原有明清和民国初期的建筑，其余一百多栋是近些年来依照明清风格新打造的，飞檐翘角，雕花栏窗，古色古香，在古城大多做了旅馆或民宿。白天那会儿，我也惊叹于吊脚楼的造型美，但现在觉得夜晚时的吊脚楼更美。

沈从文的童年是伴着吊脚楼的灯影长大的，吊脚楼深植着他的根，也深藏着他的爱，因而吊脚楼就成了他古朴而安详的心灵家园，吊脚楼在沈从文笔下是美的符号，也是人性之美的象征。就像他说的那样："这世界或有在沙基或水面上建造崇楼杰阁的人，那可不是我，我只想造希腊小庙。选小地作基础，用坚硬石头堆砌它。精致，结实、对称，形体虽小而不纤巧，是我理想的建筑，这庙供奉的，便是'人性'"（《从文小说习作选·代序》）。

夜深了。我行走在静谧的凤凰城里，少了古巷里旅拍的少男少女，少了银饰店人流的进进出出，少了酒吧间白瓷相碰的觥筹交错，耳畔听到的只是自己脚踏青石板的清脆足音。凤凰城的灯影逐随绕城而过的沱江之水流淌着，我似乎从水波中看到了沈从文那远去的背影，闪动着他那不倦的书写；我似乎从灯影里看到了沈从文那遥远的目光，在微笑地凝视着凤凰城，那般深邃，那般多情，那般幽远……

留在海滩上的童心

一缕斜阳的余晖铺在长满绿苔的海滩上，海浪在喘息，吐出簇簇白沫。大海喧闹了一天，似乎有点疲倦了，它泛着微波细澜，亲吻着滩头的碎石。赶海人的双脚踩在生满斑驳绿苔的碎石上，和密密匝匝的游人一道翻动着那些稍大一点的石头，总能在石下发现一些小海蟹和小海贝之类的玩意儿。那被海滩推上滩头的贝壳和海带成了众人寻觅的对象，我亲眼见到一个小伙子已经捞起了足有百十斤的鲜海带。

星星在海滩上快活得像个小鸭子，两只小脚丫使劲地踩着浅浅的海水，还喊着："爸爸，真好玩！"儿子长到8岁，还是头一次见到大海，大连星海公园那蔚蓝的海水和海滩简直就是孩子无与伦比的快乐园。只见他不时弯下身子小心翼翼地寻觅着什么，手里还拿着一个罐头瓶。过了一会儿，他乐颠颠地朝我跑来，水花溅了他一脸一身，也不管不顾了。我好奇地接过罐头瓶，哇！真想不到，才一会儿，里边就盛半瓶黑乎乎的小螃蟹和小海贝。他蹲下来，往罐头瓶里掬上几捧海水，又扬脖问："爸爸，它们有水能活多久啊？"我迟疑了下，想当然地说："兴许能活上两三天吧。""太少了。"星星不无遗憾地皱了下眉头，又说，"我细心点，它们不就多活上几天了吗？"我说："大海是小螃蟹的摇篮和家，就像小孩子一样，它们是不能没有家的。它们之间是一种生命的纽带，你懂吗？"

孩子缄默了，低下头仔细地看盛在罐子里的心爱之物。他是多么希望能将它们带回家乡呀。过了一会儿，他扬起小脸说："我把它们带回去，放在鱼缸里养着还不行吗？""恐怕不行，海水是咸的。""我可以往水里放盐呀！"儿子自作聪明地说。

我憋不住笑了，看来孩子是一心将小海蟹带回去啦，就说，"海水是咸的，但并不就等于是盐水。不过，你那么喜欢它们，就带回去试试吧。"

星星的脸上并没有露出我预料中的那种快慰，反而现出了几分忧郁。他望着蓝湛湛的大海，像是在思索着什么。猛然，他咬了咬小嘴唇，从罐里抓出一只稍大点的海蟹，放在我手里，说："爸爸，您先给我看着点，我这就来。"说罢，拔腿就往海滩那边跑去。我愣住了，不知他又要玩什么花样。他跑到海水没膝处，停下了脚步，慢慢地将罐里的小海蟹倒回大海，又呆呆地站了好久，才依依不舍地反身回来。

我真不明白他为啥出此举动。这可是他费了好大劲才换来的劳动成果呀。"星星，你为啥这样做？"我问孩子。他并没有马上回答，而是从我手中接过那只小海蟹，放回到罐子里，仔细端视着。刹那间，我胸中泛起一种莫可名状的情感。黄昏的大海，笼罩着一层朦胧的蔚蓝，蓝得那样深邃，那样静谧。此时，那些又回归大自然的小海蟹，也许正在水中嬉戏，像海滩上的一颗童心在跳动。路上，孩子对我讲，他所以只留下一只稍大的小海蟹，实在是怕都拿回家去，养不活，但都倒回大海，又有点心不甘，才带着一丝侥幸将它带回宾馆。

当晚，他守着床头柜上那个罐头瓶，不时从床上探出头，打开台灯，朝瓶子看两眼，见到小海蟹还在蠕动，脸上就现出喜悦的神色，直到很晚才睡着。看来，他真从心里喜欢这个小生灵。

可没出两天，还未踏上回去的路，小海蟹就默默地死了。星星好伤心上呃，对我讲，他好后悔，当初没把它也放回大海里去。

香格里拉，我眼里的童话，一个可以随风畅想的童话。

童话中的高原静湖，绿野仙踪，都任由我从容地行走，把山涧放入心底，把高原拥入怀中，看湖水也从容，看山花也从容，满眼都是人生风景。

就说香格里拉的纳帕海吧，明明是个湖，这里的人却称之为海。透澈的湖水，没有一丝涟漪，仿佛童话里的水晶宫，铺开一面又一面瓦蓝瓦蓝的明镜，映出我的倒影，直看得我入了迷。这个"海"是由一系列不规则的淡水湖和沼泽组合排列而成，源头是山涧流出的八条小河，曲曲弯弯，从容入湖，又从容而去，沿着西北一隅的溶洞汇入地下河，再经溶洞流出，一路流向金沙江，最终从容地融入了大海。

我发现香格里拉的湖多，且百态千姿。来到拉姆央措湖，湖中有很多水鸟，像黑颈鹤、赤麻鸭、凤头潜鸭等在交头嬉水，随处可见可爱的生灵。次仁央宗说，拉姆央措湖藏语意为"圣母灵魂湖"，源于藏族人心中的女神白登拉姆的寄魂湖，因而在藏区声名赫赫。湖的对面即为享有"小布达拉宫"美誉的松赞林寺。寺庙依山临湖而矗立，远远看上去，犹如古城堡映衬着蓝天白云，那般宁静，那般美好。我拍下次仁央宗背依松赞林寺的照片，她笑得很从容，是那种发自内心的微笑。她虔诚地说："藏族人记住了释迦摩尼佛说的话，生活的美好，不在于物质有多少，而在于睡梦是否安稳，内心是否清净。抵达生命终结的那一天，我们唯一能带走的也只有一生所造的业果轮回……"

我反复咀嚼这话的滋味，陡然发现充溢着人生哲理的闪光。在五光十色，物欲横流的当下世界，难得有一片静谧而深邃的湖水，难得有一座神秘而庄重的庙宇。在这里，一个是自然景观，一个是人文景观，都以宁静致远而引人嘱目。我想内心的清静，何尝不是一种从容呢？那些被森林环抱的高原静湖，那些被牦牛点缀的藏区草原，那些被岁月静好簇拥的藏式小屋，都让人联想到"世外桃源"这个美好的词汇。

在雪峰峡谷间，有一条高原融雪的尼汝河，有一个从陡峰直下的七彩瀑布群，远远看上去，赤橙黄绿青蓝紫的光环点缀在瀑布上，其奇妙的谜底就在于尼汝河岸岩洞喷出的瀑布下有片硕大的扇形碳酸钙台地，上面的矿物质色彩斑斓，印证了大自然的神奇。泉水从台地上飞坠而下，层层散落，形成了滴瀑、线瀑、匹瀑等奇异景观，在阳光辉映下，七彩虹萦绕着瀑布，当地藏民尊之为"神瀑"。原来尼汝河的从容是徜徉在雪域高原的从容。她带着雪融后的溪水，像梅里雪山那般镇定，一路阅尽山野繁花的烂漫，饱经了雪峰料峭的峥嵘。

沿尼汝河行走，我踏入秘境中的尼汝村。那里曾是与世隔绝，流淌在岁月长河里的藏族古村落，那里的尼汝人祖祖辈辈生活在尼汝河流域，也许一辈子都没走出过大山，与之为伴的是云中的雪山、蓝幽的峡谷、飞坠的瀑布、墨绿的森林、金壁的庙宇，还有那美丽的牧场……原来，尼汝人的从容就像尼汝河的淙淙流水，流走的是泛着浪花的浮躁，剩下的就是汇入静湖的深沉，他们从容走来，咀嚼平淡人生，夹杂着生活的苦辣，倒也有几分滋味。

在香格里拉，次仁央宗每天与我们见面的第一句开场白就是"扎西德勒"。这是她送上的一句祝福，其真诚也像香格里拉的静湖那般纯净。香格里拉的景色是迷人的，但那里的山路也是险峻的。车行至盘山路，一边是悬崖绝壁，一边是万丈深渊，随着大巴螺旋式攀升，我的心也在悬着，随之还有高原反应，身临其境的我，那会儿是无论如何想不到从容二字的。

那天，旅行大巴行至山路的一个转弯处，次仁央宗拿起麦克风说："我给大家讲一个故事吧，它不是传说，就发生在这条山路上。许多年前，这里还没有柏油路，是用碎石子铺成的沙石路。由于年久失修，山路坑坑洼洼，一遇风雪天气，看不清路面，就很容易发生车祸。我的导游前辈告诉我，那年春上，路边突然多了一顶帐篷。每天清晨都有位60多岁的藏族女人从帐篷走出来，冒着凛冽的寒风，用藏袍的大襟兜着碎石头子去垫路，一天，两天，三天……无数天过去了，过往的司机都会远远停下车，把手伸出车窗向她致敬，亲切地称她老阿妈。她却熟视无睹，连头也不抬地干自己的活，直到把山路转弯处的那段路面铺平了，那顶帐篷才悄然消失了，鲜有人知道她真正的名字叫什么。"

满车都鸦雀无声，似乎都在等着次仁央宗给出一个答案。

"想知道老阿妈为什么这样做吗？"隔了一会儿，央宗将目光洒在每个人的脸上，她动情地说，"因为在此之前，开货车的儿子就在那拐弯处出了车祸罹难了。老阿妈在悲痛之余，想到的是：不能让别的母亲再失去儿子了。"听了这话，我眼里闪出了泪花。望着车窗外，我在想：充满人间大爱，不也是一种行走人生的从容吗？也就从那天起，一位忍辱负重的老阿妈，也就定格在我的香格里拉印象中了。

第三辑

林之语

妙高峰下的森林村庄

初闻京城海淀有座森林村庄，七分惊愕，三分疑惑。在我印象中，海淀坐拥北大、清华、中关村，素以中国科技和文化实力最强之区而闻名遐迩，至于森林村庄，恕我孤陋寡闻，还真头一次听说。也恰恰是这"头一次"，引发了我的兴致，接到海淀区园林绿化局办公室邀访电话，我便搭车去了那座神秘的森林村庄。

说森林村庄神秘，第一感觉就秘在村名上，雅号为"七王坟"，是不是有点悬疑的味道？只知京城后海北沿有座醇亲王府，是清朝道光皇帝第七个儿子爱新觉罗·奕譞，人称"七王爷"的府邸。那么，这个七王坟村，可否与此一脉相承呢？

车行于京西山峦起伏的葱绿之中。虽逢初秋，眼前仍是碧山翠谷，浓荫蔽日，我打开车窗，一股清新的山野气息扑面而来，做了一个深呼吸，好一个飘逸绿色的天然氧吧。车上朋友告我，前面就是介于门头沟区与海淀区之界的阳台山。阳台山脉绵亘南北，沟壑纵贯东西，其主峰妙高峰的古香道旁就是七王坟村。此村因醇亲王陵墓而得名，也因守陵者繁衍生息而形成。

我闻此言，顿觉有了精气神，俯在车窗朝外张望，俨然进入了一条绿色走廊。一座座仿古风格的乡间别墅小院，一簇簇怒放的野菊花，一片片硕果累累的园圃，一棵棵枝繁叶茂的杨槐……放眼望去，除却房舍和路面，前后左右皆草木、鲜花、山林和果园，古树成荫，绿野仙踪，真乃森林村庄。那一刻，我甚至不相信自己的眼睛了，这是在大都市北京吗？这是在科技文化强区海淀吗？

"刘老师，七王坟村早在 2013 年就被评为'北京最美乡村'了。"同车年轻的园林专家王晓星说，"这个村有 9300 亩土地，其中 7200 亩山林，1046 亩果园，再加上绿地，整个村庄植被覆盖率为 80%，是名副其实的森林村庄啊。"

车未进村，我先前的疑惑就释然了。都说百闻不如一见，如若坐在家里，我无论如何也想象不出森林村庄是何等"尊容"的。时值初秋，黄澄澄的柿子沉甸甸地压弯了枝头，红彤彤冬枣宛若串串小灯笼悠然自得地摇曳。村路两旁的杨榆柳槐也尽显风姿绰约，几缕山风吹过来，偶有寥寥落叶，有的微红，有的微黄，飘飘悠悠而去，恰似一幅多彩水墨画。

我们一行下了车，环顾村路鲜有机动车，也鲜有行人，这边小院墙外有几位老人家围坐在一圈，玩起扑克牌是那般悠闲；那边林荫小路，几个顽童在玩滑板车，你追我赶的嬉笑声是那般惬意。我脑海瞬间闪出一语"黄发垂髫，并怡然自乐"。我怎么像是走进陶渊明笔下的桃花源了呢。不过，这是 21 世纪北京的"桃花源"，在古色古香的村落里，现代化的元素竟如此鲜亮。村内是清一色的二层小楼围合院落，灰色墙体、橙色门窗，再配以太阳能采暖系统，水电、燃气、宽带入户，优雅古朴的民居也不失时尚的现代感。

"太美了。"我由衷地赞叹道，"不愧为妙高峰下的森林村庄。"也就在那一刻，我对七王坟村有了全新的解读，醉心于观赏路边栽种着法国梧桐、洋槐、榆叶梅，还有那月季花、绿萝、丁香、连翘，纵目看那绿草坪像是一席绿毯一直铺展到山脚下，好美好美。我站此向西眺望，妙高峰苍茫横翠，烟岚如幻，旷远幽深，随手拍了几张照片，回看一下都挺漂亮，随便翻出一张都是美妙风景，妙高峰的"妙"字也许就源于此意吧。

说到妙高峰的妙，可追溯到一千年前的昨天。从唐代香火缭绕的法云寺，到金代章宗完颜璟满园杏花的香水院，再到清代醇亲王的退潜别墅，以至最后的七王爷园寝之地，竟都出于阳台山麓的妙高峰下。这片奇妙山林又恰恰在七王坟村域内。说这是上天对七王坟村的眷顾是一点也不为过的。难怪一聊到此，村支书王栋和村主任刘文强，以及苏家坨镇林业中心副主任马芸的表情都灿烂了。

"走，我带你们去村西口瞧瞧我们村的后花园去。"王栋说到兴奋处，站起身，如数家珍般说，"我们村的古树群有262棵呢，树龄大多在150年到170年之间，最多的是油松220棵，还有侧柏23棵、白皮松17棵、银杏1棵、蒙椴1棵，这可都是老祖宗给留下来的。"

王栋此话不虚。一进妙高峰脚下，我就有了步入千年古驿道之感。连绵的柏树、油松、杨槐、银杏、椴树……依着山势，翠幔连云，尽显古老苍劲，其盘根错节，悄无声息地扎进沃野里，吮吸着从山下潺潺流过来的清泉，若古树有情，也会学古人道上一句："岂不乐哉"了。

我不由想到诺贝尔文学奖得主，法国传奇的外交官诗人圣·琼·佩斯的长诗《阿纳巴斯》。这部获诺奖作品就是他在距妙高峰六公里的创作地"桃源观"一带写就的。1916年，他来北平的法国使馆任职期间，沉醉于东方异域文化和风土人情，曾不止一次到过妙高峰一带采风观景，从而激发了创作灵感。他在这部书中写道"啊！我们满墙披垂绿叶的故事，内容多丰富，泉水又纯净得似入梦的美景"，也让我很容易联想到身边的此情此景。

我沿着青砖石阶往上走，一天前刚刚下过雨，略有湿滑，但也丝毫不影响兴致。山路蜿蜒如龙，掩映在参天古树之中，虽说不陡不险，却让人顿生仰之弥高之感。我站在一棵古侧柏前久久凝望，其树冠像是硕大的广圆形伞，高耸近20米，躯干虬曲苍劲，纵裂成了条片，让岁月风霜打磨成了略带黝黑的灰褐色，枝杈交错，纷纷向上伸展或斜展着，似乎竞相与蓝天争宠。侧柏老态龙钟，瘦骨嶙峋，只有枝杈上对生排列的绿色鳞叶还在证明着古柏还有颗不老的心。如今的侧柏和国槐这对兄弟树一道入选北京市树了，睹柏思槐，让我联想到在中山公园社稷坛门外的七棵辽代侧柏中，有棵千年侧柏的躯干裂缝里竟长出一棵高大的国槐。俩兄弟天然共生，相拥而长300多年，如今仍枝繁叶茂，为人称"槐柏合抱"，也是古树佳话了。侧柏是有韧性的，干旱、盐碱、和贫瘠的土地都无法让其却步，原野里、沙壤中、悬崖上都有其身影。古柏是有灵性的，人世间的千古风流，或悲怆、或辉煌、或风光、或残酷都熔铸到它的年轮里。

妙高峰山麓的千年古树倘若有知，可记否这里曾有的香火缭绕和风花雪夜？此时，我的脚下也许就深藏着唐代法云寺的木鱼、引磬和梵钟。我行走在弯弯小路上，领略着古诗中"蝉噪林逾静，鸟鸣山更幽"的意境，一眼山泉从山崖断层中汩汩而出，在林壑间叮咚有声地跳动着，奏响大自然的乐音，直叩我的心扉。对建于此地的法云寺，史籍《帝京景物略》有过描述："一尊峰刺入空际者，妙高峰。峰下法云寺，寺有双泉，鸣于左右，寺门内甃为方塘。殿倚石，石根两泉源出：西泉出经茶灶，绕中溜；东泉出经饭灶，绕外垣；汇于方塘，所谓香水已。"

而今，法云寺早化为林中云烟，消逝在妙高峰之颠。但从峰上流下的清泉依在，仍在涓涓发声。遥想当年，有多少文人墨客品茗观景，迷恋于山水之间，坐拥山泉的清幽，醉卧山林的翠绿，回头再想想圣·琼·佩斯沉迷于斯就不足为奇了。

想到这，我望着山中潺潺的溪流出神了。中国的法云寺何其之多，只可惜妙高峰下那个大唐法云寺不见了，空留无语的千年古槐，若想寻觅历史遗踪，也只有凭吊见证过历史的古树了。我注意到山下有棵苍老的白皮松，枝干虬曲苍劲，呈灰白色，布满了岁月的皱纹。古松的树干开裂了，裂成了不规则的鳞状块片纷纷脱落，又裸露出粉白色的内皮，白褐相间，似乎在诉说着昨天的故事。初看这沧桑树干，会以为这白皮松已寿终正寝，但再往上看，它依然扬起翠绿的松针，向苍天伸展着悲怆的造型。

谁也说不清法云寺是何年何月在这个世界消失的，是毁于天灾，还是毁于战乱？可妙高峰依旧在，沧桑古树依旧在，笑对白云千载梦悠悠。再往前走，有一条窄窄的月牙河，听七王坟村乡亲讲起这里的传说，说法云寺有块石碑就埋在月牙河底，也许有一天挖掘之后，真相会浮出水面。

法云寺不见了，但妙高峰这个"美女"，"天生丽质难自弃，一朝先在君王侧"。几百年后，金朝出了个喜欢游山玩水的皇帝完颜璟。他在大定二十九年（1189年）正月，金世宗去逝后，以皇太孙身分即帝位，为金章宗。他不再满足老祖宗传下来的春水秋山游猎的规矩，而是醉心在金中都近郊大兴土木，建行宫、寺院与园林。他这位玩家慧眼识珠，一眼便看上了妙高峰这块风水宝地，在法云寺遗址上兴建了"八大水院"之一的"香水院"。至于为何称之为"香水院"，也是有讲究的。清代诗人法式善有诗《寻香水院遗址》为证："石厂三五峙，言是香水院。香水从何来，杏花了不见。闻说辽宫人，夜镫洗残砚。风瀹朱砂泉，春烟微雨变……"

看来，早在800多年前，七王坟村这一带的杏就名声大噪了，以至漫山的杏香把河水都染香了。由此，王栋谈起村上的特产"玉巴达杏"，也是津津乐道："你们来的不是时候，要是六七月份过来，就可以尝尝我们村的玉巴达杏了，这个品种个大皮薄，香醇味美，杏熟时皮底色黄白，阳面有鲜红晕，咬一口柔软多汁，香味浓郁，连慈禧太后都喜欢吃，还曾是宫廷的贡品呢。"他还告诉我，七王坟村是以果树为主产业，村民的果园都在村北，主要水果为杏、樱桃、枣，还有少量的苹果和桃等。2013年，北京市海淀区农科所申报的"玉巴达杏"通过了农业部评审，实施国家农产品地理标志登记保护。王栋的一席话把我的心说活了，想象得出春日的七王坟村杏花樱桃花竞相绽放时，那散发出的诱人馨香一定很醉人。眼下，我身在的妙峰山脚也长有许多杏树，虽谈不上是"香水院"年间的古杏树，但也至少有大几十年树龄了。我不知晓这山野林中的杏树与七王村果园的玉巴达杏树有何关连，当年"香水院"

的杏花香与今天村上的"杏黄杏白樱桃红"可否有异曲同工之妙呢？

妙高峰之奇不在于其峰高，而在于传奇的身世。千百年来，草长莺飞，花开花落，唯有这千年古树伴着流淌的月牙河，静静地守候着妙高峰山麓的秘密，后来，月牙河也断流了，但古老的银杏树尚在，一脸沧桑地面对层嶂巍峨，在嶙峋怪石的陪伴下，每日都翘首望着循环往复的日出日落。随着金王朝的衰败，香水院也香消玉殒于战乱之中，留下那断壁残垣还在历史瓦砾中呻吟。

时光荏苒，一晃到了大清同治年间，一阵遏流云的马蹄声冲破了这座千年古刹遗址的寂寞。一队马背上的侍卫簇拥着一位气宇轩昂的年轻人纵马而来，堪显王者之尊。一路山峭峰奇，林深树密，草木芳菲，溪水淙淙……王者心情大悦，下马徒步而行，不时指点妙高峰颇为兴奋。日后，他在《退潜别墅存稿》卷一中记述了对此地的观感："山水清寒山果甘，莓苔满径足幽探。相逢野老不相识，晴雨桑麻一再谈。"时值1868年，来者是未来光绪皇帝的父亲，醇亲王奕譞，时年28岁。

是年夏日，奕譞欲选身后墓地，听了府中服役的两个太监之言，说京西燕山余脉有个"九龙口"，九峰环抱，水湖深潭，景观瑰丽，便带个姓托的风水先生去看，却没说出个子午卯酉来。到了秋日，奕譞再请风水先生李唐（字尧民）同往，他看了"九龙口"，言此地山高地狭，不妥。奕譞颇为失望。岂料，李唐一转身却对相邻的妙高峰产生了兴趣，连连称奇称妙，也便有了先前纵马山林一幕。一行人随醇亲王爬上妙高峰，纵览四野，皆大欢喜。李唐指着远处一棵古松说，那里便是来龙的"正脉"。他们从妙高峰顺势而下，来到那古松前，见松高六丈有余，相邻还有一棵银杏树，结满果实，围粗竟然三丈五尺，仅树荫就遮盖了一亩地。周边也是林木繁茂，溪流潺潺，鸟语花香，果然是个有灵气的好地方。奕譞一打听，方知这里曾是法云寺与香水院的遗址，顿感英雄所见略同，不觉喜上眉梢，当即把墓址选定于此。后来，主人还在北侧花园的敞轩内立了块卧碑式的石碑，碑文记录了选址过程："同治戊辰九月十九日看定妙高峰风水志喜并序……尧民即遥瞩称善，至则层嶂巍峨，丛林秀美，遍山流水潺湲，其源澄澈如镜"。

我不知晓当年七王爷看到的风光是何等之美，但时值今日，眼见耳闻仍能让我倍受震撼。那数以百计的斑驳古树，遮天蔽日，躯干被风雨打磨成铁石之色，枝杈横出左右，相互扭曲、交错攀绕，远处天空只能露出一点蓝，完全被树林的绿色遮盖住了。那嶙峋的树干开裂了，形成了空洞，好像张开着无数张嘴，在向我倾吐着千百年的风霜雨雪，诉说着人世间的喜怒哀乐。

妙高峰脚下还真是个修身养性的好地方，山水花草、亭台楼榭应有尽有，四季都有绝妙景致。参天古树下长满了野草、野花，还有乱串的小生灵，伴着涓涓细流，到处充满了生机。奕譞很喜欢这块风水宝地，岂止甘心身后厚葬于此，生前当要享受这番绝美风情，故授意在陵寝完工之前，先在其北侧建个阳宅，后命名为"退潜别墅"。这是一个五进的四合院落，整个园围构思精巧，上百间雕梁画栋之舍，凸显中国园林建筑之美。如今退潜别墅的小花园还散落许多刻石，有块署名退潜居士的石刻写道："一条寒泻玉琤琤，激石穿云昼夜声；悟澈澄清淆浊旨，洗心洗耳总邀名"。可见七王爷对这里喜爱程度之深。至于何以称此为"退潜别墅"，还有鲜为人知的故事呢。

同治十三年，十二月五日，短命的同治帝亲政不足五年就驾崩了。

是日深夜，奕譞年仅四岁的儿子载湉被从睡梦中唤醒，在群臣和侍卫的簇拥下，进入了紫禁城。奕譞得知儿子被册封为帝之后，非旦没欣喜若狂，反倒"五内俱裂"，哭晕倒地。他深知慈禧太后为人心狠手辣，她公然违反祖制，将妹妹与醇亲王所生的外甥立为皇帝，实为独断揽权，垂帘听政之目的。故次日，奕譞上书请辞朝中所有职位，躲进了妙高峰下的退潜别墅，自取别号"退潜居士"，十年闭门谢客，以"闲可养心，退思补过"为名，隐居在此，常常抒怀于诗词歌赋之中。

从此妙高峰山麓打破了法云寺和香水院消逝后的沉寂，又多了一处精致的人文景观。山环水抱、溪水叮咚，留下了千年古树的垂影；青砖黛瓦、飞檐斗拱、绿苔红墙，与林海松涛相映成趣，成了达官贵人游玩的好去处。春日里，古树抽芽，一片翠绿；夏日里，林深叶茂，鸟语花香；秋日里，红叶似火，秋实累累；冬日里，古松苍劲，雪染林海。难怪王栋感慨地说："一百年前，这里是清朝王侯的赏玩养心之地，如今却成了七王坟村民的休闲好去处。"我也由衷地感叹道："七王村的乡亲们好福气，每天都生活在天赐的乐园之中。"

我沿着 111 级台阶向上走，见到一座高大的碑亭，亭后就是那条月牙河，横卧着一座弧形的石拱桥，站在桥上就可见到醇亲王陵寝了。眼下的碑亭、飨堂等均用油漆彩画作装饰，十分典雅。在陵寝宝顶下的平台尚有一通碑。碑首刻有浮雕祥云，碑身雕有花草图案。碑文为醇亲王撰写的碑文，还特意写了古树："余生圹东南隅古松，完颜之朝已称乔木……"

奕譞当年为造阴宅、阳宅，可谓煞费了苦心，但百年沧桑之后，七王坟也已风烛残年，衰败破落了。听说闹义和团那会，这里做过坛址。

八国联军也来过，还烧了陵寝两侧的殿堂。不过，七王坟墓地的整体建筑风格保存了下来，在一片松柏之间耸立的牌楼虽旧，但飞廊雕花依然很漂亮，碑楼的飞檐和墙壁也有整修过的痕迹

在返回村里的路上，我走上那座石拱桥头，一旦放慢了脚步，方察觉到青石板的凹凸不平，那是岁月磨砺的印记，再往下瞧，月牙河道长满了荒草，依稀可见的还有少许雨水在泛着亮泽。桥下不远处就是以油松为主的古树群，连绵不断，一直铺展到妙高峰山脚下。当年，古树也许目睹过醇亲王纵马驰骋的风采，见证过七王爷退隐山林的无奈。光绪十年，慈禧太后罢免了恭亲王奕訢，启用醇亲王奕譞主政，十年韬光养晦的奕譞沉潜之后出山，但仍顾念那座退潜别墅，有诗为证："甲第园林各寄身，随宜长物镇纷陈。萍踪聚罢浮云散，只此青葱永结邻。"一百多年后，那个声名赫赫的醇亲王几乎被人遗忘了，苍莽中唯有那连绵的松林还在挺立着，带着曾有过的遥远记忆。也许，这就是历史。

妙高峰山下的七王坟村，一个森林环抱的小山村，一个有历史有故事的小山村，一个如诗如画的小山村，一个迈向现代生活的小山村。当我乘车离开时，我把心留在了这片绿色的土地。我回首对主人说，等到来年杏花吐香时，我会带着我的朋友重访这座风景如画的森林村庄。

　　说到颐和园，几乎尽人皆知；说到熙春园，知之者就少了。

　　倘若我再进一步说，赫赫声名的清华园就源于清朝皇家的熙春园，是不是又多几分历史沧桑感呢？当然了，想探寻个究竟，就要步入水木清华，实地看看这儿的景致和古树了。

　　熙春园初为康熙的行宫御园，迄今三百年有余了。既然是皇家园林，葱茏的林木自然就成一景了，以至今临其境，仍可观赏到古树的余荫。道光年间，熙春园分为了东西两园，东部为熙春园，西部为近春园。后来，清华大学老校园就立身于此，故而古树自然就多了。

　　辛丑年初秋，我进了清华园，好好领略一番带有今风古韵的景致。来之前，我刚从北大校园出来，脑海还浸润着未名湖畔垂柳的绿色和"公主楼"前银杏路的微黄。尔后，脑海中的镜头也蒙太奇般地进行着穿插式的时空转换。北大校园之美，除却有塔有湖，银杏垂柳也自成一大风景。清华校园之美，除却园林荷塘，桧柏雪松也独领风骚了。

　　我眼前两棵古桧柏就在那座古典优雅的"清华园"门北侧，像两个顶盔挂甲的内廷侍卫，粗壮而笔直地挺立在秋色里。古树何年何月何日生，在这个世界上，绝不会有人知晓，只能从嵌在其身上的红标牌了解到是一级古树，也就是说至少三百岁高龄了。两棵古树犹如两个孪生兄弟，有着同样郁郁葱葱的绿冠，远远看上去，有生生不息的顽强，丝毫不见老态龙钟之态。走到近前，方发现那苍虬的粗干撕裂开无数条沟壑般的皱纹，干皮斑驳，也暴露了实际年龄。西侧古柏略细，东侧古柏稍粗，需两人合抱才成。

我印象中，桧柏是寺庙中常见的树种。唐代诗人方干在《赠诗僧怀静》中言："坐夏莓苔合，行禅桧柏深"，说的就是这般场景。有专家考证，这两棵古桧柏是永恩寺大殿前的遗存，故后人称之为"永恩寺双柏"。至于永恩寺建于何时也同样是个谜，只能从康熙皇帝三子胤祉的老师陈梦雷代主子写的《拟永恩寺碑文》中窥见一斑："……偶过其东，有旧寺题曰永恩……乃拓寺之规制，仍旧其名"。可见永恩寺是早于熙春园而建的。从两棵古桧柏的树龄来推断，很有可能建于清初年间，或许更早，也就是说，两棵古树兄弟凭借其顽强的生命力，笑傲雨雪风霜，比清华园所有的景致有更深广的阅历。古桧柏还依稀记得坐北朝南的永恩寺尊荣，寺前一对石狮，三楹寺门，还有万泉河的三孔石平桥，这一切而今都荡然无存，唯有古桧柏仰看云卷云舒，坐观时代变迁，静静地陪伴着清华大学一天天长大。她翘望过青砖白柱三拱"二校门"沐浴的晨曦，也翘望过绿草坪"清华日晷"身披的晚霞；她目睹过泰戈尔下榻工字厅的灯光，也目睹过梁启超身居古月堂的月色……

1914年11月5日这一天，一位戴着圆形眼镜，西装革履的中年人走进了清华园最早的礼堂"同方部",一个取意为"志同道合"者聚集之地。登上讲台者就是从海外流亡十四年后王者归来的梁启超先生。他以《君子》为题,为清华学子作了场堪为清华安身立命的演讲。他借用《易经》"天行健,君子以自强不息""地势坤,君子以厚德载物"的铮铮箴言,勉励清华师生"为社会之表率""作中流之砥柱"。我恍然悟到,这个"君子"之德,竟然可以从清华的物与人中得到体现。古树有君子之德,可以千载自强不息,学子有君子之德,可以百年厚德载物。一百二十个春秋,时光穿梭于此,可谓"天行健";学子也穿梭于此,可谓"地势坤"。于是,古桧柏每天都可倾听到莘莘学子的步履铿锵。

"永恩寺双柏"旁,一东一西各有片桧柏林,几十米方圆内也不乏树龄稍逊的古树和"准古树",犹如两个老人家的儿孙满堂,都簇拥身旁,满满的幸福感。从方位看,这一带都应为永恩寺范畴之内。1831年7月,爱新觉罗·奕詝登基,年号咸丰。不久,他将东边的熙春园赐名为清华园,现存"清华园"门匾为"晚清旗下三才子"之一的叶赫那拉·那桐所书,清华大学称谓"清华园"也由此而来。

"永恩寺双柏"西北的一教楼北,还静卧着一棵古白皮松,让我不禁想到前些时候在京西妙高峰下看到的一棵白皮松。那里是清朝醇亲王奕譞的"退潜别墅",也是他的陵寝之地。那是一棵苍老的古白皮松,躯干虬曲苍劲,布满了岁月皱纹。而此古白皮松虽说也同为一级古树,还真没有那棵显老。引人称奇的是,这棵白皮松其根部一出来就分了五岔,像五个孪生姐妹似的,抱着团,齐头向上,生长了三百多年而不分离。从距离上看,这棵白皮松也应为永恩寺遗址之内。这倒让我想起了

"松王柏相"之说。自古以来，民间园林很少种植长青的针叶树木，而皇家园林倒是遍地可寻。熙春园有如此之多松柏林木，也不无道理的。

我面前的雪松是一种引进树种，应是在清末时引入内地的。有人说，最早的雪松是1914年"日德青岛之战"后，日本人将雪松移植青岛后才向内地移植的，但附近这几棵雪松挂得可是二级古树的绿标牌，此外，清华园还有三十余棵古雪松。这就将雪松扎根内地的时间推前了若干年，至于何时何种途径引进的，还真算一个古树未解之谜了。

遥想当年，熙春园沐浴着皇家的灵光，绿荫劲秀，古树参天，暮鼓晨钟，余音袅袅，该是何等的气派。殊不知何时，永恩寺悄然消逝了，熙春园的古树却顽强地活了下来。三百年转瞬而去，清王朝灰飞烟灭，当年无意栽种的古树，反倒成为了至尊的风景。

带我参观的清华大学园林环卫科老师讲，现存于清华园的古树还有二百四十棵，内含一级古树十一棵。古树大多分布在工字厅、古月堂、水木清华一带，分别为桧柏、雪松、油松、白皮松、银杏、水杉、桑树、国槐、梓树等。这中间最老的当属明末的"至尊长者"国槐了。古槐挺立在六教楼与三教楼之间的绿地上，与毗邻两座现代建筑物所产生的反差，愈发让古槐显得古朴、苍劲、挺拔。远远望上去，这棵古国槐要比那两棵古桧柏粗壮得多，极具承载力，其枝权如椽，且纷繁浑厚，形成的树冠呈墨绿色，好似一团绿色的浓云。

一松一柏都是长寿树种，如非人为毁坏，活上个几百岁也算不上稀罕。古树一旦和特定的历史和人物联系起来，就称得上传奇了。古月堂院落是绿荫满园之地，至今院里仍有两棵古雪松，两棵古桧柏；院前院后，也有若干古雪松和古桧柏环绕，构成古建筑群落的一道绿色风景。道光年间，清宣宗爱新觉罗·旻宁将东部的熙春园赐给了五皇子奕誴，建于乾隆年间的古月堂也迎来新主子，奕誴承接了先前惇亲王绵恺的书房。这个王爷虽拥有豪华书房，书读得却差强人意，故不受父皇待见。不过，他一大优点就是从不摆王爷派头，夏天可以只穿件粗葛布短褂，坐在古树下拿着一把大蒲扇，与不相识的平头百姓闲聊，还可以聊得很嗨。看来古今同源，书房也可用来做摆设的。

1924 年，古月堂终于迎来了真正爱读书做学问的人。王国维是年秋天举家搬到古月堂。小院的古树有记忆：他在书房灯下从事《水经注》的校勘，进行蒙古史和元史的研究，以渊博的学识和笃实的学风影响着无数清华学人；他与同住于此的梁启超、朱自清等人在古树下谈古论今，忧天下兴亡；他与古树朝夕相伴，其身上既有雪松那般刚毅，也有桧柏那般高贵。古树的主干是粗糙的，古树的叶子是墨绿的，主干和叶子连缀到一起，就是一部厚重的大书。吾辈可否从中读出"树人合一"的韵味呢？

咸丰皇帝将熙春园赐名"清华园"的八十年后，利用部分"庚子赔款"设立的留美预备学校"清华学堂"诞生在这片皇家园林里。时年为1911 年，恰逢辛亥革命爆发，"清华园"也凤凰涅槃，浴火重生了。两年后，熙春园西边的近春园也并入新生的清华校园，从而奠定了清华大学的基本格局。

如果说"清华园"一语出自熙春园，那么"水木清华"一语就与近春园有关了。近春园紧邻圆明园，绿野园囿，林木嘉茂，湖波荡漾，理应比熙春园有更多苍翠的古树与风情，近春园志就有过记载："水木清华，为一时之繁囿胜地。"乾隆年间，熙春园还未分为东西两院，乾隆皇帝在这一带可没少题咏赋诗，对此地古树也是情有独钟，曾先后二十六次来此地游历，留下御制诗有八十五首之多。他既写观松时的气势："护径有苍松，屈盘势攫龙"；也写赏松时的情趣："落落乔松拔百寻，坐来爱听夏风吟"。从诗中可以窥见当初的皇家园林是何等壮观。

可惜近春园遗存的古树不多了，我寻来寻去，也不过寻到十几棵，且大都为二百年左右树龄的二级古树。这还要追溯到 1860 年英法联军火烧圆明园的那场劫难。虽说近在咫尺的近春园得以幸免，但此后慈禧太后欲大兴土木重修圆明园，亟待建筑材料就下令拆毁近春园取其材补缺口，这一带古树也受累被砍伐。结果诸多楼台亭榭和古树都毁于一旦，就连乾隆留过"夹径峙青松，松穷得书馆"诗句的"松簧馆"也未能幸免于难。后来，清朝国力日衰，重修圆明园也成了泡影，只可怜近春园鲜见古树，还留下一个杂草丛生的荒岛。古树，可谓另一种形式的时间简史。我在寻觅古树的同时，也寻觅到那段沉重的历史。

在近春园东南角，我意外寻到一棵古银杏树，那绿中带黄的叶子，在万绿丛中实在是惹人眼。那是一片绿地，周边遍是油松，银杏树独立其间，像撑起一张黄绿相间的华盖。初秋时节，近春园草坪还在吐绿，鲜花还在绽放，只有银杏叶独出心裁，率先改变了模样，在大自然的画板上涂抹了一层微黄。我步入树下，看银杏的躯干那般苍劲，近乎于粗糙，灰褐色的树皮深深地纵裂开来，与活力四射的银杏叶形成了强烈的反差。不远处，还有一棵古银杏夹杂在清华路的行道树林里，不时引来路人的眼光。

　　沿着这条行道林，还可寻到几棵古油松，躯干撕裂成灰褐色的厚厚鳞片状，深绿色的针叶簇拥着淡黄色的球果，在年轻的油松林中，愈发显得苍劲挺拔。油松为我国特有的树种，在京城也可常见。相传乾隆皇帝就对此公颇感兴趣。有年盛夏，乾隆游走在故宫西北处的团城，宫人摆案于金代的古油松下。那古树高二十多米，树冠足以遮天蔽日，徐来的清风吹得乾隆心里那叫个爽，不禁想到明太祖朱元璋将柿树封侯的逸闻，兴致之下，便将纳凉的古油松封为"遮荫侯"。我随之也不禁联想到眼前的古油松，一百多年前，这儿也为皇族休闲纳凉之地，如今却成了莘莘学子的读书之地。看到林荫下，席地而坐的少男少女捧书苦读的场景，我好羡慕他们。

　　许多年前，有位从这里走出去的清华学子，出校门不久就参加了河北平顺支教团，来到了白求恩与八路军战斗过的地方。他就像一棵从清华园被移植到山区的小树苗，与当地师生一道发挥着体内叶绿素的作用，释放出新鲜的氧气。许多年后，他已成为一家中央媒体旗下名刊的主编，与所在媒体的同仁一道在为中国社会乃至世界各地输送着思想与文化的氧气。最近，他和我谈起清华古树时说，在清华工字厅前，有块书有"清芬挺秀，华夏增辉"的"灵石"，就在古树和绿荫的簇拥中，"前四个字'清芬挺秀'可以用来形容清华人的素质追求，后四个字'华夏增辉'可以用来表达清华人的价值追求。一代代清华人都在努力用自己的清芬挺秀来为华夏增辉。"这话让我蓦然想起陶铸和茅盾的散文名篇《松树的风格》和《白杨礼赞》，把松树和白杨身上貌似平实朴素，实则令人惊叹的特质，用来比照用清华文化打磨出来的清华学子是多么贴切啊。古树挺秀，今树清芬，我仿佛看到，来来往往的学子，走过寒寒暑暑的四季，在水木清华绿荫的滋养与影响下，都在默默地用行动书写着无悔的人生。

谈及近春园，就不能不提及近春园的荷塘。朱自清先生一篇《荷塘月色》就将近春园核心景观之美写了个通透。那座因内忧外患而废弃的"荒岛"，也幸有先生的散文而声名鹊起。小岛为一泓荷塘所环绕，有"荷塘月色亭"为证。小岛西北侧有汉白玉石拱桥与岸相接，小岛东南侧也有"莲桥"与岸相连。我每每读到："月光如流水一般，静静地泻在这一片叶子和花上。薄薄的青雾浮起在荷塘里。叶子和花仿佛在牛乳中洗过一样；又像笼着轻纱的梦……"便会被字里行间溢出的美韵所陶醉。

清华园有两个荷塘，一为水木清华荷花池，一为近春园荷塘。它们与流经校园的万泉河构成了清华园水系。朱自清先生所写的近春园荷塘，却时常被人误以为是在水木清华的荷花池，想来先生在写《荷塘月色》时，绝不会想到日后会闹此乌龙的。我在读先生美文时，时常闪出一个疑问：先生写了"荷塘的四面，远远近近，高高低低都是树，而杨柳最多"，却为何没一句提及到古树？从文中可晓岛上林木之密，不但将荷塘团团围住，而且在小路一旁只"漏着几段空隙，像是特为月光留下的"，足见小岛之荒凉。

"难道这荷塘周边就没一棵古树吗？朱自清先生笔下的柳树就没一棵是古柳吗？"带着疑问，我查阅了清华大学有关古树统计的数据，反反复复看了几遍，二百四十棵古树中还真没出现过古柳的字眼。看来那场劫难对这一带古树的摧毁还确为毁灭性的，他笔下的柳树想必是日后在荒岛滋生出来的。

近春园里的古树少，且都在荷塘之外，也引发了我寻找的兴致。在近春路西侧的一片绿园中，我见到了几棵抱团生长的古榆，前前后后一数，竟有六棵之多，顿时有种发现新大陆的感觉。从古榆的胸围和胸径来推算，古榆树龄大都在二百岁左右，大致栽种于乾隆和嘉庆年间。那会儿，这一带还不在皇家的御园之内，甚至有可能是一片荒野，接地气的榆树也自然难入皇家王爷的法眼，那么这几棵古榆的栽种者是何方神圣呢？

说榆树接地气，我倒有几分感触。当年乡下插队时，村里随处可见又粗又壮的大榆树。每到春暖花开时，金黄的榆钱儿就缀满枝头，孩子们会攀爬上高高的树杈，用手一捋就将一串串形似古钱的榆钱儿撸到手里，然后便骑在树上，贪婪地往嘴里塞。我的个儿高，不用攀爬，踮起脚就可拽过来一个树枝撸上一把榆钱儿，吃到嘴里，又鲜又嫩。那会儿，人们的生态环保意识还不强，以为榆树成不了材，故时常砍倒榆树当柴烧，还顺带把榆树根都刨出来，称之为"榆木疙瘩"。

而今，我站在一棵古榆前，只见躯干的两个主权上又分布了若干个分权，且向上长得很随意，就像一个脚上沾满泥土的乡下人，在清华园守望着自己的那片蓝天。我不禁想：若把桧柏看作树中的贵族，榆树就只能算作平民了。但在水木清华中，从山乡走来的寒门学子与古榆与一样，并没有感到出身的卑微，反倒有种逆势而上的自豪感。在云南曲靖的乌蒙山腹地，有一个小山村，也生长着繁茂的榆树林。一位叫林万东的乡下娃也是捋着榆钱儿长大的。他家里很穷，六口之家，爷爷身体不好，爸爸脑梗卧床，还有一个姐姐、一个弟弟，一家人全凭母亲在工地搬砖背沙子来养家糊口。2019 年高考过后，为减轻家庭负担，他也随母亲去工地大汗淋漓地打工。那天，有人气喘吁吁地跑来告诉他："你考上清华了！"他喜极而泣，为自己，也为家人。可没过几分钟，他又埋起头背起了沙袋，延续着每天两万斤沙子的工作量，就是凭借这股自强不息韧劲，这个寒门学子才能以 713 分的优异成绩被清华大学自动化专业录取。一个多月后，在清华开学典礼上，林万东被校长请上了主席台，他作为学生代表的发言感动了整个清华园。

看来乌蒙山的柳树和清华园的柳树是没有本质区别的，那种"橘生淮南则为橘，生于淮北则为枳"的说法可以休矣。古柳们能够在刀光剑影的历史烟云中活到了今天，也不知经历了多少次风风雨雨，甚至生生死死。幸运的是，古柳们而今生存在阳光灿烂的水木清华，又赶上了崇尚自然，保护生态的好年代。更幸运的是，今柳们而今成长在继往开来的水木清华，又赶上了放飞梦想，拥抱未来的新时代。

武陵春日林色

武陵源的春天，踩着半山腰的云朝我靠过来了。迎风摇曳的野花，面露笑靥，就在我脚下的峭岩边绽开。百龙天梯徐徐地向绝顶攀升着，将一帧帧春天的剪影送入我相机的取景框里。春之美在群山之巅是藏不住的，无论是壁立千仞，还是罗列奇峰，春花的色泽都掩映在视野之内的绿丛中。那是缀满春枝的桃花吗？绕不出桃之夭夭，在云雾缭绕的溪畔沐浴着缕缕春风；那是漫山遍野的油菜花吗？离不开叠叠金黄，在连绵起伏的山坳里释放着浓郁清香。

我站在全景观光的天梯上，任由人间春色扑入眼帘。那悬崖边的菁菁野草，岩缝间的粉红小花，怪石中的苍翠青松，孤峰上的参天古树，与群峰为伍，日月相伴。那望不到边的茫茫林海，与流动的漫漫云海，绿白相间，你抱着我，我拥着你。那大大小小的奇峰，惺惺相惜，手挽着手，肩并着肩，合奏出春天的交响乐章。此情此景是何等的诗情画意，竟让我生出了"会当凌绝顶，一览众山小"的意象。

遥想当年杜甫登山望岳，站在泰山之巅，举目四顾，感慨使然，方

132

能写出如此雄伟磅礴的诗行。而我就有点"偷巧"了，听当地友人老彭说，我若是沿着山间小路登顶，至少要花两三个小时。而乘上这座世界上最高的全景观光电梯，可是少走不少"弯路"哟。天梯的垂直高度为335米，等同于111层楼的高度，在短短一分多钟就可把我送达海拔1000多公尺的峰顶了，妥妥的"弯道超车"感觉。现代科技的进步，诸如登山电梯和空中索道，确实给人们带来诸多方便，可虽有了"凌绝顶"的经历，却少了些许人生体验，福兮，错兮？

"刘老师，看到了吗？"老彭手指通体玻璃窗外的一片绿色簇拥的村庄说，"那就是您问过的'空中田园'了。怎么样？挺美的吧！"

"太美了，果然名不虚传。"我情不自禁地按动着相机连拍快门。于是，我的相机里留下了一幅幅难忘的瞬间：那一定是土家人在云朵里的美丽家园了，万山苍翠之中，有一片不规则，又相对平缓的旷野，缠绕着茂密的山林，远看像是一座染绿了的静湖。在那片绿色里，有一小块油菜花开了，像块黄手帕铺展在海拔上千公尺的"静湖"之上。再往细瞧，顺着几缕袅袅炊烟，我寻觅到草树林间的青墙黑瓦，和一片葱茏的梯田，那就是土家人世代生养的村寨吧。我脑海里顿然浮现出东晋大文豪陶渊明在《桃花源记》中的句子："复行数十步，豁然开朗。土地平旷，屋舍俨然，有良田、美池、桑竹之属。阡陌交通，鸡犬相闻。其中往来种作，男女衣着，悉如外人。黄发垂髫，并怡然自乐。"陶渊明此文写到的彼"武陵"，虽非此武陵，但就隐居环境来说，张家界的武陵不但有一拼，还有几分胜出的希望呢。

天梯还在攀升，空中田园与我渐行渐远，仿佛飘浮在半空中，隐匿于武陵源深处。这座土家寨子就坐落在天子山盘山路边的台地，云雾缠身，流泉绕梁，人若置身田园，与登上彩云端无异。田园周遭有数十座奇峰错列守护，人称"神兵聚会"；田园其下是万丈幽谷，陡崖林立，岩峰形如刀切，势若长矛，直插云端。畅想一下，生活在如此美境中的"空中田园"，是不是有种"生在凡尘也胜仙"之感呢？

我步出百龙天梯，双脚踏踏实实地落在绝顶平台，方意识到真正的登攀体验才刚刚开始。一个个石阶伸向远方，一条条山路绵延幽远，脚下要走的路还很长。回望天梯之高，与峰并肩，可并不意味我能与峰并肩；天梯之伟，与山同立，可也不意味我能与山同立。我不过是一位普普通通的过客，在源于亿万年间地壳运动中隆起的峰巅面前，我微小得甚至不如山上的一株小草。但这仍无碍我前来拜谒群峰，行走于陡峭的山路间，感悟生命的顽强与魔力。

武陵源是由上千座陡峰组合而成的奇幻世界。这里的植被挤在岩缝里，倔强地伸出手臂拥抱着春天；这里的怪石出没在半山腰，傲娇地摆出各种姿态呼唤春天。那生命的绿色，以不同的本色出境，她们也许与大自然共处了成百上千年，只有经受了无数次风霜雨雪，承受了无数场山崩地裂，方能锻造出如此坚韧不屈的个性。我的目光定格在一座悬崖峭壁上，一棵苍松孤零零地长在岩缝中，周边甚至看不到一丝绿色，但她仍旁若无人般地挺起高傲的身躯。这儿的峭顶可能连苍鹰都飞闯不过去，过往的云朵都要弯下高贵的腰。只有她可以一年复一年地沐风雨、吸云雾、笑冰霜、傲天涯……

开阔的山野台地，春草茵茵，茂林修竹，游人穿梭于幽径深处。我站在悬崖边上的观景台，俯瞰八方春色，可见溪水绕峰，飞流而下，叮咚山响；可望山谷幽深，云雾迷漫，野花初绽，可观古树参天，鹤发松姿，龙盘虎挈。老彭告诉我，这里人称袁家界的后花园，是武陵源的核心景区了。我们乘的百龙天梯，一个重要功能就是将袁家界、天子山和金鞭溪连为了一体。我愈发叹服大自然的神奇了，这般去雕饰的风景，也只有靠老天爷的鬼斧神工了。

沿着袁家界"后花园"的曲径，我穿行在竹林里，林缝里偷偷绽放的野花在对我窃笑，似乎笑我少见多怪。竹林外有数十座小巧玲珑的石峰，构成一片小小的石林，与周边的野生山林相映成趣。再往前去就可见两个斜圆状的"月亮门"，是由崩塌的石壁巧合而成。人置身于此，宛若坠入仙境，难怪这"后花园"也成了当年《西游记》的取景之地，举目望远山峡谷，绿得让人心跳，美得让人眼红。不禁联想到故宫的"后花园"，那人工堆砌的假山盆景，哪如这儿天作之合，看来与袁家界的风情相比，皇家园林也不过如此而已。

在武陵源的奇峰峻岭之中，一丛丛盛开的杜鹃花，掩映在石壁危岩之上，红得如火，粉得如霞，白得如雪，宛若点缀在岩缝中的一颗颗玉石晶莹耀眼。一缕春风拂过来，杜鹃花陪着山峰袅绕的云雾，一道轻轻摇曳，仿佛能触摸到天地间的灵气。置身于独特的石英砂岩峰林怀抱里，我沉醉其间似梦似幻，不仅感受到了春天的味道，还感受到了春天的生机。千岩万壑赏山花烂漫，万绿丛中观人间风情。

武陵源的春光山色不光出自于静止的自然元素里，还出自灵动的花鸟鱼虫间。后花园的花蝴蝶扇动着轻薄的翅膀，翩然落在绽放的野花丛中；天子山上的小松鼠支楞起小耳朵，灵巧地蹦跳于苍翠的松枝上；黄石寨的小蚁群卖力地爬行在树根下，身后泛起了一点点裸露的黑土；金鞭溪的小鱼儿甩动着小尾巴，惬意地穿游在溪水间……人与自然就这般和谐地生活着，共享着春日的美好时光。

我顺着石阶往下行，路边山林里蹦出来好多野生猕猴，或在树丛里活蹦乱跳，或懒滋润地晒着太阳。我还看到有一小猴骑在了老猴的背上得意地看着我给它俩拍照，红红的脸上转动着黑黑的眼珠，调皮中还藏着几分得意。就在这时，不远处传过来一通骚动，扭过脸一看，原来有位韩国女游客在拍风景时，放在木栅栏边的小挎包让猴子抢了去，眼见那"刁猴"一脸得意地坐在石岩上，熟练地拉开包链，在翻找里边的食物，先是剥开了一根火腿肠，不紧不慢地品尝着，还顺手将包里的一支唇膏扔进峡谷。那女游客隔着木栏杆，急得用韩语向那猴吼叫着，猴子却若无其事地嚼着美味，旁边看热闹的几个猴子也在"坐山观虎斗"，直勾勾地盯着女游客和周围的人们，我怎么感到剧情反转了，俨然是它们在看"耍猴"了。

草长莺飞的武陵源，偶尔也可见残冬的梦痕。在山峦的背阴处，还可看到冰雪在消融，化作了一根根长剑般的冰棱，但这也无碍春天的温暖脚步。峰连峡谷一片绿野，岭叠旷野万点花红。我聆听春风过山谷的声音，观赏云缠峰林的风景，领略武陵春山的壮美。生命的存在都有其存在的理由，就连景色都以自己的存在，以示与众的大不同。

"这就是被传为'人类活化石'的珙桐了。"老彭把我领到了一棵高高的古树旁说，"这是我国特有的珍稀濒危树种，19世纪中叶，有位叫大卫的法国人在我国采集植物标本时发现了这一在第四纪冰川时期后消失了的物种。到了1900年，有位英国植物学家来华带走了珙桐种子，在英国皇家植物园繁殖，因其花形像白鸽，又称它为鸽子树。"他伸手摘下一个花蕾，接着说，"您再晚来一个月就可看到全树花开了，像满树的'白鸽'落在树上，特别特别漂亮。"

我端详着这棵又粗又高的古树，树根处长满深绿的苔藓，带有一种原始美；主干树皮是灰褐色的，斑驳嶙峋，像在诉说时空的漫漫；枝杆斜向伸展，撑起一个大树冠，遮天蔽日，指点山峦。古树周边还有若干高高矮矮的珙桐，像徒子徒孙般依偎在古珙桐旁。附近是一条长达两公里的白色条石游道，犹如一白飘带飘向了那座"天之桥"。我站在石阶上，扶栏仰视数百米之外的奇景，云霭缭绕间，有一二十多米长，约有五米厚的大石板，横空落在两座山峰之上，人称"天下第一桥"。此桥周边奇峰密如春笋，桥下岩壑幽峡深不可测，桥上满目葱茏，烟岚泛起。我信步拾阶而上，绕了个大弯方到桥头，方知晓这桥面大致有两三米宽，最窄处也就一米多的样子。我独步桥面，身旁苍松挺拔于石缝，脚边古藤飘挂于岩壁，再回首那白条石山路，顿生飘忽于仙山，御风于凌空之感。

袁家界太迷幻了，如果不是老彭在引路，我真的不知该下一步该路走何方。我们饱览了"拜仙台"、"百丈绝壁"、"小洞天"、"情人谷"等景致，一路行走，一路惊喜。"您看，这山可是有讲究的。"老彭指着那座从幽谷里冲天而立的孤峰说，"这就是人们常说的'南天一柱'，自从拍了电影《阿凡达》，名气就更大了。"

"噢，有印象。"我的脑海瞬间出现了影片里此处云雾缭绕，山脉在空中漂浮的经典场景。在这部科幻片里，有半个小时是以此山为代表的峰林为背景拍摄的，以至民间有人还将其称为"哈里路亚山"。

"南天一柱"果真名不虚传，海拔 1074 米，一头直插云天，一头稳扎幽谷，绝顶郁郁葱葱，峰体若斧劈刀削，竟几乎一般粗细，真乃天下奇峰，难怪会成为《阿凡达》中悬浮山的原型了。再看那边杉刀沟的尽头，一片白亮亮的泉水从陡峭的崖顶倏然而下，宛若银河，飞流直下，落入临渊深潭，声似洪钟，水花翻卷，蔚为壮观。行至百米之外，但见幽渊绿水泱泱，薄雾袅袅，犹如胜境，妙不可言。

我等沿木阶山路，直奔不远处的兀岩顶平台，圆木栏杆两侧，一路野草茵茵，一路野花美美。站在观景台上，望周遭山峰，其危峰奇壁的造型已远超人类的想象：或平若石桌，或尖似宝塔，或俏如楼阁，或型犹巨伞……我从刚路过的指示牌上得知，这便是大名鼎鼎的"迷魂台"了。迷魂台何以得此名？我不大了解，但却也把我的"魂"迷住了，迷在了云海之畔，迷在了神峰仙石，迷在了幽崖深谷，迷在了绿野仙踪。我想有这般秀美景色，又逢当春之时，我若一天之内：晨观日出，午瞧云海，晚看夕阳，那该是一件多么惬意的享受啊。

想起昨天，在武陵源的索溪峪自然保护区，我们游了"十里画廊"。原以为是看画展，谁知却是一幅幅以蓝天为背景的天然山水画。青山翠谷间，一朵朵樱花次第盛开，一束束野花竞相绽放，一条条小溪潺潺流淌。不过，这些还只是衬景，真正的风景是"横看成岭侧成峰"的群峰意象。那些由山间不同岩石形成了绝美的立体画卷：像迎面所见的"寿星迎宾"，像栩栩如生的"夫妻抱子"，像活灵活现的"三姐妹峰"，像呼之欲出的"采药老人"……都让我在老彭的"猜谜"式诱导中寻找到了答案。十里画廊，十里风景，是大自然的刻刀，在峰岩中造就了似人、似物、似鸟、似兽的奇异造型，是春风的魔力，为三千奇峰染上了万点葱茏。

在迷魂台，我看到一位耄耋老爷爷在孙女的陪伴下，那安详而快乐的样子。他孙女让我给他们祖孙二人拍张照片。他俩背依群峰，面朝云海，那女孩站在拄着拐杖的爷爷身旁，一手亲昵地挽着老人的胳膊，一手骄傲地打了个 V 型手势。就在按下快门的那一刻，我被眼前的场景深深感动了，爷爷笑得皱纹开了花，孙女笑得一脸飞霞。有多少美好都收入了镜头里，不光有风景，还有爱。春光虽美，春山虽好，但也要亲眼目睹，方有感悟。想必老人家之前一定不曾来过这儿，否则女孩也不会带爷爷来冒这个风险，登临绝顶，也许只为了却一个老人和孙儿的夙愿，但爷孙二人需要有多么大的勇气啊。

想想也是，人生就是一次登攀的过程，每个人都有不同的高度，每个人都有不同的视野。当然人的精力和体力各有不同，不能奢求每个人都有能力攀爬珠穆朗玛峰，但登上袁家界的绝顶总该是可以的吧。我不过一凡人，能登临此山就是一个挺好的选择了。这也许就是我所能看到的，最美的一道人生风景：时而峰峦叠嶂，气势磅礴；时而云淡风轻，玉宇琼楼；时而小桥流水，绿潭悠然……

武陵春山，陡峰连着陡峰，峭壁连着峭壁，那缭绕云雾，就飘浮在我脚下，紧紧挽住了我那并不遥远的春天的梦。

天门林海吐绿

雪映云光，让我开眼了。万丈悬崖间，那阳面的积雪在一滴又一滴消融，又化作一柱又一柱冰棱，倒垂于峭壁之间，犹如银光四溢的长剑，高悬于隐约缥缈的云雾中。天门山洞开了，远远透过洞口看上去，蓝天下、云层间，那早春绽放的腊梅花在瑞雪的簇拥下，泛着晶莹，让我震撼之余，有种恍若仙境的体验感，也就此开启了天门云梦的想象之门。

人说"不到天门山，焉知天下奇"，此话可不虚。初春时节，难得一睹天门山凌空雾凇的奇观，也一扫我先前的顾虑。登山前一晚，刚下过一场小雪加冻雨。老彭对我说，今天这个鬼天气，登山有点难。一大早，我们开车赶到天门山国家森林公园，却被告知临时封山了，心也一下子坠入到天门峡谷底。友人宽慰说："先等一等，说不定等中午气温一上来就开山了呢。"我戴着一顶蓝色冰雪帽，望着脚下打滑的路面，仍将信将疑。虽说临时抱佛脚，还买了登山钉子鞋和手杖，还是在景区门前结冰的路面上滑了一跤。一想到要走万丈悬崖之上的冰雪路，心就没了底。

好在天随人愿，几天来一直没露面的春日暖阳终于闪亮登场了，冻雨结成的地面薄冰开始融化了，人走在进景区路上，脚下溅起了一串水花，这才有了开头我所见到的一幕。沿途的雾凇肥肥地挂在枝枝蔓蔓的松枝上，像一粒粒剔透的珍珠，连缀起一串串晶莹的玉坠，在蓝天和云朵的映衬下冰晶玲珑，与天门山结上了缘，也与我结上了缘。

天门山走进我的心扉，还归功于"86版"的电视连续剧《西游记》。之前，我对天门山没什么印象，可云雾山中的剧景却让我经久难忘，后来方知有的画面镜头就是从天门山选取的，便有了一睹为快的冲动。这些年几次错过去天门山的机会，今个儿终于圆梦了。我期待天门山的神游，犹如云海一样，与这里的奇峰来一场心灵之约。我觉得天门山的灵性是超脱的，可任由我"精骛八极，心游万仞"。

天门山为世人所知，可追溯至东汉年间，时称为"嵩梁山"，到了三国那会儿，一次天地间地质构造的突变，嵩梁山体的豁然洞开，让南北洞澈空明，形成了一个顶天立地的洞口，形态通透如门，这一神奇的自然现象在古人眼中无疑是吉祥的征兆，也引发了东吴景帝孙休的膜拜，遂更名为天门山，并下令分武陵郡置天门郡。顾名思义，"天门"意指天宫之门，孙休的更名也自有他的深意。北魏地理学家郦道元在《水经注》中有如下描述："吴永安六年，武陵郡嵩梁山，高峰孤耸，素壁千寻，望之苕亭，有似香炉，其山洞开，玄朗如门，高三百丈……"我从这段话也读出了天门山的嵯峨高峙和凌空至尊的神韵。

当下，我伫立在天门山脚下，仰视她拔地擎天的巍峨，方感悟到自身的渺小。倘若我站在天门山的肩膀上呢？虽不能说我有多高，但至少得以"一览众山小"了。

天门山索道缆车里的我沉醉了，沉醉在千米落差的天地间。这是一条长 7454 米的空中索道，在 24 分钟里，从山脚处缓缓升至上千米的高空，足以一路阅尽银装素裹的天门山风情。那林海雾凇中的楼台亭阁，那云朵深处中的袅袅炊烟，那高崖飞流的银色瀑布，那皑皑白雪中的云崖绝壁，那半山腰上的庙宇村落……我的眼睛不够使唤了，手指也不停地按动相机的快门，禁不住喟叹大自然的神奇造化。雪岩中的绿色，绿色中的粉花，粉花中的云雾，云雾中的群峰，让我既看到了冬的气势，又望到了春的生机。只叹李白"天门中断楚江开"（《望天门山》）的佳句，写的却是安徽芜湖。倘若诗仙有缘来张家界走上一遭，定会陶醉于天门云梦里，欣然挥毫一首张家界版的《望天门山》的。

天门山是沉默的，也许沉默了几千年，除了孤寂的岩石和山林，就是飞鸟鱼虫了。大自然赋予她壮美的山川河流，却长期"养在深闺人未识"。直到人类在无意之中发现了她的绝美，也只是发现而已。我有一个猜想，兴许李白就不知在芜湖天门山之外，还有一个张家界天门山，否则他一定会在此留下充满豪情的诗章。

天门山奇在陡峭山峰和峡谷中的神秘莫测，峰如林，谷似渊，其四周峭壁被沧桑岁月剥蚀，呈现出孤立的台地地貌。天门山的隆起源于侏罗纪和白垩纪时期，在中国大面积发生的地壳运动，史称为燕山运动，又经喜马拉雅山造山运动，这一地域受到强有力的挤压，褶皱而峰起，成为绵亘的山脉，经过了亿万年的岁月剥蚀和淋溶作用，形成了而今的喀斯特山地地貌：山峰险峻，峡谷幽深，瀑布飞泻，云雾缭绕，山峦蜿蜒，俨如世外仙境一般，难怪成就了《西游记》的外景拍摄。

云雾缭绕的天门山索道好似逶迤于山间的长龙，在云雾中悠然穿行，人在缆车里宛若身临梦幻般的仙境。蓝天之下云海翻卷、奇峰嶙峋、白雪盈顶，俯瞰那雪中透绿的"原始空中花园"，"碧野瑶台"、"觅仙奇境"、"天界佛国"、"天门洞开"的无限风光，都扑面而至，可尽享于眼底。

"刘老师看到了吧？那就是天门山的通天大道啊。"老彭指着云朵下的山路说，"20年前，我就是顺这条盘山公路，把车开上了天门山。"

"哇，这路您也敢开，真厉害！"我透过缆车通体窗望过去，那是一条悬于半山深谷间的雪路，层层叠叠，环环相扣，有99道旋转急弯，如同一条银色的迎宾哈达萦绕着峰峦，与周边绿色山林和青色陡崖形成鲜明的反差。天门山雄奇、隽秀、幽险，若隐若现在迷迷茫茫的云雾里，难怪人称"云梦山"呢，眼前多像一幅流动的水墨画。

从空中索道下来，双脚一落地，就有一股山风刮了过来，将周边松枝的晶状雾凇抖落，带着清脆的声响，落在我的脚下。山上和山下毕竟是两重天，路面还结着冰，路两侧还积着雪，我习惯地往耳边拉了拉那顶蓝色冰雪帽，虽说眼前不是北国风光，却胜似北国风光。

"天门山我来了。"我内心呼喊着，向天门洞进发。人在结着薄冰的路上走，就像走在溜冰场一般，抬眼可见咫尺之外的万丈悬崖百丈冰，还有云绕山腰的百年老树挂满了雾凇。多亏有钉子鞋和手杖，我方敢大胆地往前走，还倏然生出了探险者的自信。尽管路高阶滑，我脸上还是溢出了兴奋，敢情是"无限风光在险峰"嘛。好个漂亮的雾凇，竟在明媚的春日里再现，太神奇了。

"天梯是通达天门洞的唯一路径吗？"我问。

"那是当然喽。"老彭边走边如数家珍地说，"天梯可是登天门洞的必经之路，这999级石阶啊，象征着天长地久。这天梯有五缓四陡，含有九九之意，又切合了人生之路的坎坎坷坷和起起伏伏。到了天梯的顶端，您还可看到有一道两只神兽把守的'天门槛'，迈过去了就'平步青云'了，哈哈。"

登天梯固然很美，但登天梯的过程也很累。山上的气温在零度以下，攀行在结着薄冰的石阶上，还须加上十二分小心的，不知不觉中，我额头已是汗津津了，心情却是愉悦的。人都是有梦想的，只不过天门云梦更美而已。聊天时，我得知老彭有个儿子今年升高中，他希望自己的孩子也攀爬好人生的天梯，迈过那道高考的"天门槛"。

千万年来，天门山是孤独的，其伟大磅礴也曾被淹没在岁月长河里，但终归还是被人类发现了。只可惜东吴景帝孙休的青睐和北魏地理学家郦道元的推崇并未能唤醒沉睡的天门山。老彭告诉我，童年时代，天门山还是由父辈在1958年建立的国有林场，因场址设在张家界农业社的地盘上，故取名国营张家界林场。1978年，天门山脚下的林场最早拉开了湖南旅游开发的序幕。1982年，中国第一个国家森林公园诞生，始称"湖南大庸张家界国家森林公园"。就这样，一个用木头搭建起的简易景区大门，连接起一座通往中国旅游新时代的天梯。

天门山天梯渐入云端。天崖峭壁间，挂着雾凇的绿树与飘渺的云团相拥，山间的奔波的溪流与穿山的溶洞共舞，我脚踏一层层石阶，不再仅仅是在迈向云雾绝顶中的玄朗天门洞，而是在迈向诗和远方的生命之门。

天门洞开了。宛若敞开了通往未来的天之门。从洞口飞出来的是一缕缕阳光，一片片云彩，我伫立在天门洞前，心情也像云彩那般飞扬起来。

我走近天门洞，那巨高的拱门直插天际，像一面通透的明镜，镶嵌在蔚蓝天幕之间，映照出峰回路转、苍山如黛、吞云吐雾。我做了长长的深呼吸，日月之精华，山川之灵气都朝我扑过来。

我走进天门洞，面朝云海，仿佛伸手都能把云朵揽入怀中，大自然的鬼斧凿穿了天地的奥秘，展露嶙峋异石，石柱参天。我放缓了脚步，在用目光丈量南北对开的千寻素壁，在用心灵触摸天地间的神来之笔。

我在穿越时空，站在历史和现实的交汇点上，注目飞岩峭壁间的天门洞，欲放开嗓子纵情歌唱。我站在天门山洞顶，放眼蓝蓝的天和白白的云，在静静品味山林中的岁月静好，在默默回味天门内的玄妙神奇。

我笃信：我能读懂自然天成的天门山，天门山也能读懂一路诗情的我……

枫叶红了的叠影

那天下午，我乘车路过八达岭，远远看到枫叶红了，一层又一层，一片又一片，像一朵朵红云轻吻着静静的山谷。枫树在秋风中，披着红色的衣裙，美得像舞娘，告别了远去的夏日，迷醉了远山的苍茫，呼唤着远方的金野。哦，原来枫叶是有记忆的。

我为枫叶陶醉了，让朋友在路边停下车，但见一片枫叶从峭壁飘落下来，像一只红蜻蜓，舒缓地盘旋着，一阵微风吹过，又顺势而下，打着旋地朝这边飞过来。我似乎听到枫叶的心跳，微风中那火红颜色，在我眼前猎猎燃烧。

恍然想起四十多年前，我写的第一首叙事诗就叫《枫叶》。写了一对少男少女的故事。女孩儿的父亲当年公出去北京，采来香山红叶。她将一片枫叶送同桌男生作书签。女孩儿后来受了父母牵连，在班里遭遇不公正待遇，那个男生也反目为仇，以至在她幼小心灵留下难以弥合的阴影。诗的最后昔日的男孩这样写道："今天，我偶尔整理旧书，竟翻出这记录童年的便笺。望着这几乎被遗弃的枫叶，一阵痛楚咬着我的心尖。我含泪摊开桌上的稿纸，写下这封无处投寄的'明信片'，但是，她在哪里啊，我只能无奈地呼喊！"

那年，我刚上"大一"，是个喜欢写诗的文学青年。诗，颇显稚嫩，曾发在一本文学期刊上。多少年过去了，我几乎忘却之时，眼前枫叶又唤醒了沉睡的记忆。我俯身拾起落地的枫叶，捧在手上，方发现是枚五角枫，五个大小不一的叶瓣组合在一起，那一条条红色的细茎，长长的，镶在叶子里，像一根根毛细血管，奔流着相思的情愫。再细看，枫叶的色泽是不一样的，从底部由浅到深红起来，间或还有些忧伤的淡黄。想想看，也有许多年没去香山了，但相思的红叶，泣血的红叶，却时常飘入记忆里。

想起古往今来，借用枫叶相思，多得不胜枚举。晚唐女诗人鱼玄机满腹诗书，才气如虹，与大诗人温庭筠为忘年之交，唱和甚多。只叹红颜薄命，补缺为妾，又不为夫人所容，无奈出家为女道士。一个凄清的秋日，鱼玄机踟蹰江边，见一片片枫叶流落江之上，漫山枫树萧萧飘零，夕阳冉冉垂暮，心上人却迟迟未归，伤感之情油然而生，便有了那首《江陵愁望有寄》："枫叶千枝复万枝，江桥掩映暮帆迟，忆君心似西江水，日夜东流无歇时。"如此悲愁的诗句，将绵绵情丝化缕缕思念，犹如奔流而去的东逝水，江水有多长，思念就有多长。

还有那位南唐末代皇帝李煜，人称李后主，若论当皇帝，那就是一笑话，可若论当诗人那就是一神话。当皇帝那会儿，他浪荡后宫，风花雪月，蜷缩金陵一隅，除了写词，也没干过什么正经的事。三十八岁那年，他让宋军像捉小鸡似地拎出后宫，押至汴京，还屈辱地被授右千牛卫上将军，封违命侯。此后短短三年间，这位亡国之君"笔耕不辍"，竟成就了诸多传世诗词。他的《长相思·一重山》，就是借枫叶以相思的佳作，"一重山，两重山。山远天高烟水寒，相思枫叶丹。"寥寥数句，就勾勒一幅相思的山水水墨画。读之，眼前浮现的是重重叠叠的群山，红红火火的枫叶，高高远远的云天和清清凉凉的流水。藏在风景背后的则是李后主的绵绵相思，至于是思后宫佳丽，还是思逝去故国？相信每个人都会有自己的解读。

追溯古代文学长廊，我有了个发现，从皇帝到文人，写枫叶，大都爱打情感牌。譬如白居易《琵琶行》里的"浔阳江头夜送客，枫叶荻花秋瑟瑟"，抑或李白《夜泊牛渚怀古》中的"明朝挂帆席，枫叶落纷纷"。枫叶在诗人笔下，往往赋予人的情怀，甚至人的命运。于是，枫叶也就有了记忆。

枫叶的记忆就像秋天的红枫，由绿渐渐变红，犹如人的情感，随环境的变化而变化。秋日枫叶红胜火，又足以把人的激情点燃，去讴歌生命的秋天。深秋时节，人们之所以蜂拥观赏红叶，就源于枫叶的秋色之美。她经历了春的料峭，夏的酷热，又被落日映照得宛若烈焰，连从唐代走过来的大诗人杜牧都心醉了，醉得脱口吟出"停车坐爱枫林晚，霜叶红于二月花"。

我将手中的枫叶抛向空中，让枫叶的记忆在旷野中飞翔。随后上车，我和友人在秋风染红了的山林里穿行。车窗外，从树上稀稀落落飘下的枫叶，像一只只红蝴蝶，拍打着翅膀，与秋色为舞。林地铺就一片由枫叶编织的红地毯，微风一吹，那落地的片片枫叶也闻风而动，掀起一片红色的微澜，那还未完全变红，甚至还有些淡黄的叶子也裸露了出来。

看此景，我也心醉了，记忆中的枫叶又飘回故乡内蒙古。科尔沁草原西部的沙海里，有片十余万亩的古代残遗森林植物群落。分布在一道长达二十几公里的深谷里，由东西双沟交叉呈人字形，故又称"大青沟"。大青沟神奇，就奇在沙漠环绕之中，那生长在一百多米深的绿洲、林木、花草……尽显了南国风光和北国秋色。

那年十月，友人盛邀观赏大青沟红叶，我又开了眼，站在沟顶，远眺两岸沟深，陡峭俊秀，满眼姹紫嫣红，沟底恰若一片斑斓红海，在秋风里翻卷波浪，好似一幅深红与金黄的长长画卷。

先前，我来大青沟多在夏日，往往沉迷在绿野丛中。那次观赏枫林秋色，让我领略到草原枫叶红了的时候。友人告我，这的五角枫属于濒危树种，在草原极为珍贵。它与东北、华北、中原一带山地枫树的最大区别就在其独特姿态。很多枫树是独立成冠，并依沟坡地势，呈现百态千姿的造型，远看有一棵繁茂的红枫，居然像一件挂在沟坡上的红蒙古袍，红得耀眼，红的骄傲。脚下还有一棵五角枫树，在狂沙肆虐中挺立了数百年，从叶片上可分出深红、大红、浅红、橘红、橙黄、大黄、鹅黄、嫩绿、深绿等十几种颜色，每一片红叶都挥发出苍老、神秘、坚强、纯朴和坦荡的神韵。

我漫步在薄雾里的红枫林，头顶只有那一片狭长的天空，走在大青沟，犹如在记忆的隧道前行。我走过由枯树横于小溪间的独木桥，脚下是沟谷叮咚的泉水，不远处，不知哪位游客在枫树下拉起马头琴，悠扬的琴声，震落了片片红叶……友人告诉我，沿这条长满枫树的长沟再往前走几公里，就进入辽宁境内了。我躬身掬了口清冽的泉水，甘甜芳美，再看沟内景致，在雾霭中又添几分朦胧中的清丽，真好似梦幻世界一般。哦，好美的天堂草原！

当朋友开车驶出八达岭景区后，我恋恋不舍地从家乡的记忆走出来，回眸望去，夕照斜阳又为漫山遍野的红枫披上一层余晖。我省悟了：原来，我无意间抛向空中的是落叶，我捧在手中的却是金秋。枫叶红了，飘飘洒洒，落了一地，多像记忆的叠影。感谢枫叶给了我秋天的记忆，秋天的遐想，秋天的感叹。遥望无边的枫叶，在夕阳余晖涂抹下，形同一团燃烧的火焰，在我内心熊熊燃烧，先前曾留给我的悲愁记忆，也在燃烧中，化为了乌有。

香格里拉的淡泊

走近香格里拉，我的心在伴云儿飘游，萦绕在一道道山梁。

走近香格里拉，我的心在随湖水荡漾，溢出了一缕缕清澈。

来的路上，在丽江与香格里拉的交界处，虎跳峡的涛声响彻耳畔，三江并流的激越撞击心田，但我的双脚一踏进香格里拉腹地，倏然之间，湖静了，水清了，连轻风也舒缓了脚步。在这香格里拉最美的时节，我来了，闻到空气中散发出清浅甘美的绿草馨香，不禁想起家乡科尔沁草原的牧场，翻滚的草浪，翻滚的羊群，还有翻滚的激情。

在香格里拉依拉草原，我没有找到那种"翻滚"的感觉，却感受到别样的风情。她没有科尔沁草原的博大，但有清幽灵秀的恬淡。那是一种高原牧歌式的风光，让我的心由嘈杂变得宁静。在依拉草原，有连天的绿草，一直铺到纳帕海湖边，有不败的格桑梅朵，一直开到豹山脚下，有游走的牦牛，一直走进古老的依拉村……

我问过次仁央宗，为啥格桑花又称格桑梅朵。她告诉我，藏语中"格桑"是"美好时光"之意，"梅朵"是"花"之意，二者组合成汉语就是幸福花，难怪藏族朋友那般喜欢格桑花，一朵美丽的鲜花，居然寄托着一个民族那么深厚的情感。

香格里拉的梅朵是淡泊的，她开在静谧的雪山脚下，不追求在大庭广众面前炫耀自己的鲜艳和美丽；香格里拉的湖泊是淡泊的，她千百年来沉谧于高原之中，静默中有种不容忽视的恬淡；香格里拉的峡谷是淡泊的，尽管她流淌的是飞坠的水流，但绝不是为了炫耀，而是为了寻觅香巴拉的那片净土；香格里拉的雪山是淡泊的，以她雪白晶莹的原生态，将香格里拉的淡泊展现得淋漓尽致……

我在圣湖碧塔海畔闭上眼睛，周边那深深浅浅的绿色和幽幽暗暗的蓝色依然浮现在眼前，原来这静美的风光，不着一字，就已印记在我的脑海里了。天边的白云萦绕着雪山，地上的芳草连着蓝天，我悠闲地躺在高原的草地上，沉醉在次仁央宗对香格里拉娓娓地描述里。她坦言，她不喜欢都市那种车水马龙，人头攒动，眼花缭乱的繁华生活，她喜欢高原那种天人合一，绿野仙踪、湖泊荡漾的牧歌生活。我想，何止是央宗，在都市生活久了，有谁不向往那种淡泊而幽静的人间仙境呢？

我行走在普达措国家森林公园里，深呼吸一口弥漫着清浅甜美的树木香气，心情是宁静的，心绪是放空的。我沿着属都湖行走：湖边有养眼的杜鹃花丛，远处有葱郁的云杉、白桦林；湖光潋滟，仿佛能映出随波而生的笑靥；湖水清澈如镜，似乎能照出你前世的模样。来之前，我原本带上了预防高原反应的氧气罐，可兴致所致，直到我围着湖转上一圈，也没吸上一口。事后我想，是不是人的心情与高原反应的强弱有关联呢？

香格里拉的淡泊，是一种大自然的淡泊：犹如蓝天下的云朵是淡泊的，云朵下清风是淡泊的一样，这里有一片宁静、安谧、祥和的净土。我似乎能听到森林的呼吸，湖水的吟唱和高原的轻风……

香格里拉的淡泊，其实是一种清醒，就像蓝天上一朵飘泊的云，可以望到神山那片静谧，没有了轰轰烈烈，也就没有突如其来的落魄。细想一下，人生的淡泊何尝不也如此呢？在香格里拉行走，我时常会看到：一群牦牛悠哉地游动在高原的山野上，几个牧人围坐在绿茵下聊天，远处的山坡下是一片恬静的藏式土屋……这是一幅多么养眼的风景油画啊。

在有小布达拉宫之称的噶丹松赞林寺，我久久伫立，沉醉于依山傍水的寺院。有人说，这座寺庙外形像古城堡，一眼看上去就是金碧辉煌，还有那阳光，犹如金色袈裟铺洒在寺庙之上。大殿的镂空木雕，可谓精美绝伦，回廊的手工雕刻，让人叹为观止。但这只是寺院留给人们的外在印象，她的内涵是需用虔诚来感悟的。我步入大殿内，见到一排排酥油灯闪着亮光，映衬着一尊尊高大的佛像，僧人们旁若无人地吟诵着经文，身外的尘世似乎都与他们无关。我这般凡夫俗子走到这里，心也陡然静了下来，漫步在拥有淡泊之美的寺院，领略藏传佛教的神秘吉祥。

在中华民族的传统文化里，藏族和汉族的灵魂深处都印有"淡泊"二字。陶渊明的淡泊，在采菊东篱下，那是一种壮志未酬的淡泊，古今多少仁人志士，最终都做了那样的选择，也许那就是"退一步海阔天空"吧。诸葛亮的淡泊，在隆中的茅庐里，若没有三顾此地的伯乐，这匹千里马，又有谁来认领？看来，淡泊也是有条件的，只要跨出去一步，也就没有了归路。

无怪乎古人云："淡泊以明志，宁静以致远"。我走进了香格里拉，也感受到了"淡泊"的魔力。人生的路，自有多重选择，既不必怨天尤人，也不必怀才遇，走哪条路，都是你的宿命。

告别香格里拉，我却把心留在了那里。我留恋雪山脚下，金沙江边的无名草，无意去伴随浪花喧哗，只为享受自己那片碧绿。她分明在身后告诉我：淡泊说穿了，拼得就是一个心态，嘴上淡泊，内心也淡泊，那才是真正的淡泊。如果把淡泊放到嘴边，拿来做秀，那么就只能去骗骗别人，哄哄自己了。

西山松涛幽
幽情

我不止一次去过北京西山国家森林公园，每次去都有不一样的感觉。

去年夏日，我同几位作家一口气爬上了"鬼笑石"，一览群山，顿有种"不畏浮云遮望眼，只缘身在最高层"的感觉。此山虽不甚高，但山不在高，而在其灵，况且此石又与香山"鬼见愁"一脉相连，连鬼也由"愁"转为"笑"了，岂不喜哉。

"鬼笑石"立于西山一峰的凸部，其"貌"不惊人，甚至有几分怪异，石上刻的"鬼笑石"蓝色大字，倒是吸引了诸多人的眼球。相传山口常年大风凌冽，风过此石，嗖嗖作响，犹如鬼笑，故得其名。

坐在"鬼笑石"上，抬眼便可望不远处的香炉峰，在苍翠群山簇拥下，近可见林荫参天，直戳云端。往远眺，蓝天白云下的北京城也尽收眼底：颐和园的十七孔桥、香山植物园的斑斓、西三环的车流、北京电视塔的塔尖、中国尊的威严……都隐隐在目。

遥想当年，小西山这一带统称为"西山八院""三山五园"，也曾为清朝八旗子弟拱卫京畿之重地，一阵狂飙袭来，皇朝的奢华也化为一片过往云烟，只有历史沉淀下来了，那一处处尚存的正黄旗、正蓝旗村落，以及残垣碉楼的遗迹，仿佛还在诉说着皇权的故事。

今年秋日，我穿越一片林海，再次登临"鬼笑石"，放眼红叶岭，树种多为黄栌和元宝枫，连绵起伏，观赏区域有 500 亩之多，飘落的红叶在飞舞，枝上的红叶在燃烧，甚为壮观。这一带还有一片石沟谷，人称红叶大峡谷，若从半山亭观赏，宛若苍茫的红海，波澜壮阔而不惊。漫步小路间，沿途远处无不色彩斑斓，一片红，一片绿，一片黄，好一派大美秋色。西山国家森林公园的赤橙黄绿是大美北京秋天的底色，也是千园之城勃勃生机的成色。人在林中漫步就有种微醺如仙的感觉，真可谓：人少、景美，还洗肺。

人常说十年树木，聚木成林。如今京城西山已是满眼葱绿，无处不飞花，不禁让我想起初夏去内蒙古兴安盟，走进大兴安岭时的感觉。那神秘而又美丽的地方：苍茫林海、深邃湖泊、起伏山峦、繁茂野花，都与西山的大森林如出一辙。我在西山国家森林公园寻觅到了同样的清爽和安宁，重又感受到自然与心灵相依的奇妙体验。此园以北京西山试验场为基础，横跨海淀、石景山、门头沟三界，是京西风景区的精髓之貌。这里为太行山的余脉，山峦特色为阴坡较陡，阳坡较缓，且为低山区。这里既有参天大树，也有潺潺流水；既有连绵群山，也有遍野花香……我走进大森林，甚至会有种重回大兴安岭的错觉。

西山国家森林公园很美也很大，可您若以为这即京城森林的全貌，那就大错而特错了。在北京这片绿色大地，仅森林公园就有 36 座之多。

一座座郊野森林，浑身苍绿，虬枝翻卷，层层叠叠、巍峨峥嵘；一片片城市林海，与花草为伴，与蓝天为伍，扑入了大山怀抱，升腾起袅袅云烟。在朝阳奥林匹克森林公园，粉黛草花海与秋色起舞，其艳如霞，美如雾，掀起一层层粉色的波澜；在海淀鹫峰国家森林公园，杏林深处现高山草甸，四面云山展栎荫清趣，景景惹人心醉；在丰台的云岗森林公园，林静山幽中，鸣山雀翠鸟，湖光波影中，观鱼翔浅底，好一幅山水水墨画；在昌平的蟒山森林公园，依大蟒之山势，现京城楼宇之雄姿，露仿明古塔之峥嵘，引人发思古之幽情……

人若行走在京城的森林公园，呼吸着清新负氧离子的空气，倾听松涛鸟鸣泉音，享受着那份山野灵气，那会是种何等惬意？走进延庆的八达岭国家森林公园，您可以观青龙谷的枫叶，可以闻丁香谷的花香，可以赏石峡绿荫中的奇石；走进平谷的洛娃森林公园，您吸一口清冽的空气，可以倾听到松涛鸟鸣泉音，感受一份山野的灵气；走进大兴的古桑国家森林公园，您可以领略到珍稀的古桑、梨树，您在和大自然交心的那一刻，与古树谈及起时代的变迁；走进顺义的新城滨河森林公园，那大片白杨林守护在潮白河畔，您可以注目芦苇在河中随风摇动，时有飞鸟掠过水面的瞬间……您若这般一路走来，可欣赏那连绵的山、深邃的谷、突兀的石、清澈的溪……那么春赏桃花，夏采晨露，秋踏红叶，冬观日出，会是何等的幸福？若那样，静谧与平和，生命与自然、快乐与畅想，会犹如远山近亭、碧水拱桥、山野栈道一般深深植入到您的心田，不是吗？

满山绿荫的
记忆

　　近两年参与了一些生态文学创作活动，我有幸走了好多北京地界儿，随处都能感受到千园之城的魅力。大大小小公园星罗棋布，染绿了这座城市的每一个角落，郊野的森林公园更为这座城市撑起了一片翠绿的蓝天。那天在素有"绿色风景走廊"的小西山，我走进了北京西山试验林场。在场史陈列馆，我被一张老照片惊住了："这就是当年的小西山？"眼见一片光秃秃的山隘，戳着孤苦伶仃的几棵老树，虽说黑白照片，可也看得出，那裸露的石崖四周，几乎没一丝绿色，缺林少树、地表裸露、水土流失，可谓光秃秃的小西山啊。

　　那么何以置此？追溯历史，我们可清晰地寻觅到这一带森林随时代的变迁而变迁的脉络。远古时的永定河、拒马河上游山地，曾巨木参天，林密如海，下游平原大片的树木与草原交织，绵延千里，乃至到唐宋时期，原始森林依旧保存得完好。在辽金时期，随着辽南京、金中都的大兴土木，尤其是大量皇家园林的兴建，耗费了无数巨大圆木，持续到元明清，又遭受过四次大规模砍伐森林的横祸，使得这一带广袤的森被破坏殆尽。元朝那会儿，为将砍下的树木运送大都，还专门开凿了运河，那就是郭守敬设计的金口河。当时的浑河，也就是今天的永定河波涛汹涌，从上游山地砍下的原木，扎成木筏顺流而下冲出河口。元代名画卢沟运筏图就描绘了这一场景。延至近代，普通老百姓的燃料也源于砍柴，随着人口剧增，人们索取的速度远大于树木生长速度之时，老照片中光秃秃的现象就出现了。

"眼下这满山绿荫都是后人栽的？"我惊愕地问。

"准确地说，应当在1953年初春，西山才开始恢复性栽种的。"解说员把我领到另一张照片前深情地说，"那是一个值得回忆的春天"。一张黑白照片，带着岁月的色泽，留下朱德副主席在试验林场与人交谈的历史瞬间。

时光的镜头推回到那年的2月16日，恰逢大年初三，朱德顶着严寒，在时任林业部长林希的陪同下来到了西山，看到眼前堪忧的植被，他心情很沉重，语重心长地说："西山绿化的政治意义重大。此事应由华北、北京主管部门作为重要任务之一，颁发决定，制定计划，提前完成。"他还满怀期望地嘱咐梁希部长："请赶快绿化西山，在我有生之年，还要看到西山的绿化呢！"

"新中国成立前，北京西山的森林面积仅有4200亩，森林覆盖率为4.7%。那时的小西山，是名副其实的荒山秃岭。现在的大森林，绝大部分是人工种植养护的。"解说员在一番讲解之后，自豪地说，"从荒山秃岭，到试验林场，再到森林公园，小西山是我们绿化首都的第一块丰碑。"我看到北京市园林局的原始资料记载：在朱总司令亲自带动下，实行了全社会总动员，以解放军为主，按师团建制的10余个单位奉命前来西山安营扎寨，农民、职工、机关干部、中小学生都积极参与了进来，清华大学、北京大学等一批高校积极投身其中，3 年间，仅西山造林的用工总量就达 60 万有余，造林 4000 公顷，基本完成了小西山的绿化，成就了第一代的"西林人"。

于大源是海淀区农林委退休干部，在他记忆里，自打 1961 年走进林业系统，一连几年都奋战在西山荒山雨季造林工程中。"那时每棵树苗根部的土坨都用布包好，一包土坨有 20 多斤重。我们用扁担挑着两个带土坨的树苗，近处的山路走 100 多米，远处要走 1000 多米，需用一个多小时。"他谈及了植树的艰辛，"当遇到裸露的山石时，我们就用十字镐加撬杠挖坑。这期间双手磨泡、虎口震裂是常事。"

为了保证植树的成活率，他们还要依据树苗种类和大小以及地质地貌来决定具体挖成什么样的树坑：有的挖成鱼鳞坑，呈鸡窝型；有的挖成水平条，还有的挖成小方框。如挖长 50 公分、宽 40 公分、深 30 公分的石坑，一人一天最多挖两个，同时还要沿坑围上 10 公分高、20 公分宽的三面砂石垒成开放型树碗儿，形如簸箕状，好让雨水从开口处流入并存储下来。就这样，西山的每一座山峰，每一道山梁，每一条山路，每一处河湖都流下了他们的身影和汗水。

当今西山国家森林公园坐拥约 90% 的森林覆盖率，生长着针阔乔木、灌木和草本等 500 余种植物。针叶林以侧柏、油松为主，阔叶林以刺槐、黄栌、元宝枫、栓皮栎、栾树占优，还有白皮松、樟子松、赤松、黄波罗、黄连木、银杏等珍贵树种。"西林人"经历了几代人的奋斗，昔日的身影与汗水，化作了绿荫和雨露，热情地拥抱和亲吻着这一重重苍翠峦峰。

　　"北京是'千园之城',大大小小的公园超过了一千座。"乍听这组数据,我生出几分"诧异",虽久居京城,居然也会生成"不知有汉,安知魏晋"之感。眼见到北京市园林绿化局制作的北京市公园名录(第一批),就整整罗列了 1050 家,我心悦诚服了。这"千园"笔笔有踪,就像星星点点的绿色星辰,点缀在京城的每一个角落。颐和园、北海、天坛、香山,这等历史名园自不必说,那是老祖宗留下来的遗产。奥森、青年湖、朝阳、龙潭,这等综合公园也不必赘笔,那是名震一时的时代产物;还有凤凰岭、阳台山、百望山、青龙湖这等生态公园,也不必冗言,那是自然界送给北京人的瑰宝。既然千园之城之精华,文人墨客早蘸尽了笔墨,何不如写一写视野之外的京城园林,虽说片鳞半爪,借用一句老话:一滴水,也足以映出太阳的光辉。

　　我的文字漫步于京城公园的"最小细胞"——社区公园。公园虽小,却"五脏俱全",点状绿地空间,以及必要的配套设施与活动场地,赋予服务社区精细化的职能,满足了市民休闲游憩的多元需求。

东单公园是建在闹市的社区公园，先前多次打这儿经过，却从未进去过。今夏为了《千园之城》的写作，我特意去了一趟，亲身体验了一下皇城根下的鸟语花香。这地儿原为元大都的南郊，到了明初城墙南移，围入到城内。1901年，清王朝被迫签定丧权辱国的《辛丑条约》，这一带划入了使馆区，一度成了外国驻军的练兵场。北平解放前夕，还曾在此建立了临时飞机场。而今我是无论如何也找不到那些屈辱和战乱的痕迹了，看到的却是曲径盘桓、碧水荷池、亭台楼阁、花团锦簇。

"我家离这很近，走到这儿也就一杯茶的功夫。"一位坐在长椅上晒太阳的长者对我说，"除非阴天下雨，我每天上午都要来公园转上一圈，一天不来就像缺点啥似的。"我从聊天中得知，老人家八十三了，家就住在附近的苏州胡同，走上六七分钟就到了。他从童年起就住于斯，熟悉这儿的一草一木。他告诉我北边的土山是用当年挖防空洞的积土堆出来的。一晃半个多世纪过去了，昔日土山也满眼苍翠，花草如织了。从那六角重檐的琉璃瓦亭上，似乎还能勾勒起对那段沧桑历史的回忆。

今秋时节，老作家李硕儒老师也走进了东单公园。他在耄耋之年，见到菊花盛放，松柏已老，不禁想起七十年前，正读初中的他，每天课后来此挥锹抡镐，将从前的临时机场——广场，改造为公园的峥嵘岁月，不禁感慨缕缕，赋诗为记："七十年前少年心，青春飞扬付瑶琴。琴弦律转琵琶调，铿锵挥镐筑园林。岁月如流从前远，松柏如山菊作荫。少年情老悲白发，赏花彳步赋烟尘。"

山石、荷池、花木、亭台为东单公园的主打造景结构，翠柳、国槐、松柏、丁香等80多种树木营造了植物造景的群体美。山石嶙峋的诗意，花木扶疏的意境，吸引了附近男男女女，老老小小的市民来公园休闲游乐。天真少年在花丛中嬉戏，银发老人在棋桌对弈也成了社区公园亮丽的风景。这也验证了社区公园独特的功效："具有必要的配套服务设施和活动场地，主要为一定居住用地范围内的居民就近开展日常休闲活动服务，侧重开展儿童游乐、老人休憩健身活动。"

本来嘛，社区公园就是为社区居民服务的。北京对社区公园改造也是围绕这一宗旨来推行的。前些年朝阳区安贞街道就斥资630万对安贞社区公园进行了改造，修建了可供成人娱乐的舞池、健身场，以及可带孩子们玩耍的儿童乐园。在为老人设计的敬园里，镶嵌着中国传统的"二十四孝图"，在为儿童设计的墙壁上，也书写着启蒙教育的《千字文》和《三字经》。恰如园中长廊楹联所书："信步一廊读典古，铭心永世效贤达"。中华传统文化的光环，在园中展现得也是淋漓尽致。

"西边的太阳快要落山了，微山湖上静悄悄……"耳畔飘来一阵悦耳的琴音。我定睛看，长廊条椅上，一位白发苍苍的老人在忘情地拉着手风琴独奏曲。我在想，老人家在拉《铁道游击队》插曲时，一定也把那个时代的印记拉进去了。是的，社区公园也是一个怀旧的地方，那些叔叔阿姨银丝飘逸，坐在参天大树下或聊天，或吟唱，或舞蹈，一脸沧桑布在脸上，犹如夕阳的余晖洒在脸上，都带着岁月的深沉，绽放着惬意的微笑。

在千园之城百花园中，社区公园大约占据了三分之一，可谓与市民贴得最近的"后花园"。人们清晨起来可以到公园里散步、读书、聊天、歌舞。社区公园的分布也尽可能考虑到老年人或孩子们轻松徒步抵达的距离，并在与儿童乐园、城市公园、城市绿化带或广场等实现多园互补，去寻求人与自然、自然与构筑物的共生，形成了开放空间系统，以造福北京市民。

且看古城公园，一座名字起得很大，规模却很小的社区公园，为上世纪80年代石景山区第一座居住公园，山水、花卉、盆景、健身设施样样俱全，被誉为"楼群之花"。官园公园，又称青年宫绿地，是西城区以绿地著称的社区公园，其特色是曲径通幽、闹中取静，人在绿篱草坪中休闲，犹如入诗入画一般。年初时我在北京园林绿化局了解到，北京将新建22处休闲公园和城市森林，10处郊野林及50处口袋公园和小微绿带，全市公园绿地500米服务半径覆盖率达89%，实现开门见绿。

千园之城，一个好有气魄的名字。她就像一颗颗璀璨的珍珠，闪耀在首都绿色大地上。我的文字漫步在一座座多姿多彩的公园里，春看桃花绽放，夏看百鸟争鸣，秋看红叶斑斓，冬看瑞雪迎春，一样的诗情画意，一样的气象万千。

第四辑

草之翠

　　无庸牧童遥指,我也走进了杏花村。是春天的约会,还是约会春天,这都不重要了,重要的是春天的感觉,还有春天的心情。

　　那天,我坐车去八达岭,沿途看到草木绿了,绿在的山坳里,满目的碧野叠翠,像是毛绒绒绿毯在晨露中伸展吐翠;杏花开了,开在了山野里,满眼都是粉红色的花瓣,像是一串串摇曳的风铃在微风中晃动,时而会落下一片纷飞的杏花雨。我的春心也萌动,久违的春姑娘,你好。

　　说也巧,在路上,几张杏花村的照片,也同时出现在我手机的微信里。打开一看,是山东女摄影家史建军发的,万绿丛中,杏花开得耀眼,她留言说,稍后会把两组以杏花村为主题的摄影作品发我邮箱。恍然间,车窗内外,我可以阅尽杏花春色了。

　　我不知晓她拍摄的地点,但我感受到了春天的颜色和香气。春日的主色调是绿色,构成了大自然最动人的底色,小草探出嫩绿的头,好奇地张望这悄然变绿了的世界,小河边依依柳枝随风摇曳,像是在对漫山绿野说:"早啊,我的春天,我的家园。"

山野的杏花渐次开放，融入到那深浅不一的绿色里。纤细而娇嫩的花蕊，吐出一缕缕淡雅的馨香，那粉红色的花瓣，薄如蝉翼，远远望过去，似天边片片落霞，如梦如幻，定格为柔软而淡雅的风景。

　　绿野掩映的小山村，背景是古老的，在杏林旁，一轮石碾拉动着多情的岁月，从夏走到秋，从冬走到春。模特是现代的，依偎在杏花里，两情相悦，尽显时尚。

　　春心萌动，动在多情的时节，杏花以她的姿色，来参加春天的约会，古往今来，引无数文人骚客诗词歌赋。与春天联欢，杏花便成了他们笔下的情人。唐代温庭筠有词曰："杏花未肯无情思，何事行人最断肠"，说了一个"情"字。北宋李清照有词曰："浓香吹尽有谁知，暖风迟日也，别到杏花肥"，道了一个"思"字。

　　看来，情与思都离不开春日的，由春情引发春思，都伴随碧野蓝天之间的杏花绽放。在诗人的笔下，杏花晓带轻烟间，浓香藏不住；疏影杏花带露开，娇艳惹人醉。如此看来，约会杏花，就是约会春天了。

　　那年春天，回到故乡科尔沁草原，在罕山脚下，我看到林野间的山杏花开了。在蓝天白云下，粉嘟嘟的花海，顺着山势，犹如瀑布般地倾泻下来。赏那种天然的美丽，比喝了杏花村的美酒还要陶醉。

　　一对来自南国的情侣，在不停地拍照，那个女孩在花海丛中，只露出一张粉红色的脸，微笑着，也像一朵绽放的杏花。我幡然省悟，行程数千里，约会春天里，该是多么浪漫的事情啊。

　　我禁不住想起，儿时，踏青时节的杏花。那时的天，比现在蓝；那时的杏花，比现在多。那会儿，我生活的香山农场就在罕山脚下，当杏花盛开的时候，只要放学的钟声一响，小伙伴们就撒丫子似的往山野里跑。

记得当地农家，有许多女孩子，小名叫杏花，她们生长在春天里，和春日的杏花一样快乐，每天的笑靥都那般迷人。有年故地重游，我看到杏花漫山遍野地怒放，却无处寻觅童年时的小伙伴，想必是杏花孩子的孩子，也都在山野里嬉戏了吧？

之所以想这么多，实在是照片中的石碾，我太熟悉了。岂止是山东，就是在塞北，哪个村没有几台石碾？我印象中，戴上黑眼罩的小毛驴，只要吆喝一声，拉起碾子，就会不停地兜着圈，把高粱脱去壳，把玉米磨成面……

那情景，总会吸引孩子们的眼球，等卸了碾子，男孩子会抢上前，几个人合力推两圈石碾，调皮的女孩，会在身后嬉嬉笑地喊一嗓子"驾"！男孩们听了，非但不生气，还很受用的模样。

等到后来下乡插队，常听老农挂在嘴边的一句口头禅："男女搭配，干活不累"，才悟出个中滋味。真有种歌王王洛宾情歌所唱的感觉：甘做一只小羊，愿她拿着皮鞭，"不断轻轻打在我身上"。

看来，城里小情侣来到杏树下、石碾前怀旧，自有其内在的道理，约会在杏花盛开的春天里，那里有城市里没有的浪漫，也有城市里没有的风情。

如今，乡下的石碾没了，但杏花依旧在，春天依旧来，我们在赴春天的约会，我们也在约会春天。既任由"红杏枝头春意闹"，又听凭"山城斜路杏花香"，我和杏花有个约定，每年的这个时候，我都会来看你。

我4岁来到一座陌生的城市，我54岁离开一座熟悉的城市，屈指恰好半个世纪，拉近遥远岁月的镜头，记忆的光圈是墨绿色的，散发着芳草的清馨。那蓝天下的西拉木伦河，那河上唯一的"老洋桥"，那郊野没膝的青青草，那水畔怒放的萨日朗，那天边云朵般的羊群，那悠扬的马头琴声，犹如山水油画的倒影映入我的心湖。这座科尔沁草原上的城市，给了我"天苍苍，野茫茫"的最初印记。在京十五年间，思念就像一片梦中的彩霞，从未离开过故乡那片蓝天。

1958年，我随部队转业的父母从辽宁锦州支边到了内蒙古哲盟通辽市。我依稀记得老通辽除却明仁大街、中心大街、建国路是石板路或沙石路，其它街巷多为土路。行人过，汽车过，牛车过，马车过，连毛驴车也过，车轮翻卷的扬尘足以让对面不见人。小城土得掉渣，马路牙子都长满了荒草，空气里迷漫着灰尘的气味。

我印象里的西拉木伦河（西辽河），蒙语意为"黄色的河"。《旧唐书·契丹传》载：这里"居潢水之南，黄龙之北，鲜卑之故地"，故称为潢河。儿时，父亲多次带我走上那座日伪时期建的老木桥，俯着栏杆望河水湍流滚滚，泛着黄色波涛。原野无际，万绿丛中点染着红红的萨日朗，黄黄的忘忧草，蓝蓝的蒲公英……到上世纪 60 年代中期后，河水开始断流了，70 年代初彻底干涸了。城里的孩子小脚丫踩在松软沙滩上，一溜烟就跑到了对岸绿野田畴的乡下了。

这座西拉木伦河流过的城市，一百多年前还是绿茵茵的牧场，为科左中旗卓里克图亲王的领地。辛亥革命第二年，无奈债台高筑，第十五代卓王色旺端鲁布决意"放荒"，以荒价收入"筹还京债"。于是乎，蒙古王公的封地，便由绿草连天，牧歌缭绕的牧场，变成了阡陌纵横，鸡犬相闻的村落。

两年后，天边草原出现了一座小城，井字街道，横平竖直，每条街又分胡同，为南北走向，城内多为土平房，鲜有砖瓦结构的。60 年代，我掰着手指头数来数去，只有哲盟盟委大楼、财贸大楼、百货大楼等三五座两层楼房，最高建筑当数通辽师范学院（现内蒙古民族大学）的三层灰楼了。1978 年，学校破天荒地起了一幢五层教学楼，七七级中文系新生一入学就幸运地去新楼上课。班上有位从未爬过楼梯的乡下哥们，报到时竟兴奋地从楼下跑到楼上，往返了 N 次，直跑得上气不接下气。这位后来在京城 985 高校担任二级教授的同窗，绝想不到人生命运这般有趣吧。通辽城如今动辄十层、二十几层的楼厦拔地而起，土平房早不见了踪影，砖瓦房也成了稀罕物，街头绿荫葱茏，一尘不染，早就入选了"国家卫生城"。生态环境今非昔比，人们又开始回望大杂院的往事了。

在京这些年，每每走进京味老胡同，都能勾起我对通辽老胡同的追忆。我家最初住在北市场东北角的大院，那是一栋日伪时期的 L 形青砖灰瓦建筑，有几十户人家。小伙伴成群结帮地跑出来，沿着小巷走两分钟就钻进了北市场胡同。那会儿这为全城最繁华的步行街，布满了饭馆、茶馆、说书馆、戏园子、烟袋铺、玉器铺、点心铺、水果铺、药铺、理发铺……小孩子对听戏说书不上心，眼睛瞄得是点心铺的招牌和饭馆的幌子。我印象中的红旗饭店是国营大饭店，一挂就四个幌。幌子顶部是水桶般粗的圆圈，外部粘着金色吉祥图案，缀着三尺长的红布条，顶上拴四根绳子，配有四朵大绸花，远远望去很惹人眼。

大学毕业了，我分配到通辽一中教书。校区是清一色的青砖房，报到那天见校园的湖被填平了，我不免怅然。湖是由民国时的长记电灯厂排水大沟改造而成。我多次随表姐到湖边玩，看到湖里游有好多鱼。有年城里下了一天一夜大暴雨，校园顿成汪洋，湖中鱼都逃难似的，顺排水沟游到大街上。天亮了，放晴了，路边活蹦乱跳的大鱼。喜得左邻右舍光着脚，倾巢而出，有用盆的，用竹篮的，全跑到街边捞鱼了，有老辈人调侃：那天半个通辽城都飘散着炖鱼的香味。

两年后，我调入市委宣传部。语文组老师欢送我，地点选在了北市场的红旗饭店。我落座便想起当年小伙伴常俯在饭店橱窗前，眼巴巴地看着刚炸出的油条和麻花，口水直在嘴边蠕动。小胖自作聪明地说："我爸说了，挂四个幌的饭馆最厉害了，吃什么都有。"小华低声嘟囔说："钱呢？"一众无言。那年代能吃上八分钱一根的麻花都够奢侈了。可今天讲养生，人们却嫌麻花油腻大了。

前年夏日。我受邀参加一个文学活动，从北京回到久别故乡。路过通辽一中，远远看着校园气派的教学楼群和体育场，顿然有种隔世之感。随后我只身来原北市场寻梦，见胡同口建了一座很气派的万城商务中心，楼底还特意留了一处能走进北市场的楼门洞。那个让我儿时垂涎三尺的"红旗饭店"，还有热闹的说书场、大戏院都不见了，唯有老北市场二人转大舞台那块怀旧的大招牌，还能让我回味起儿时的场景。而今这一带仍是通辽最繁华的商业区，商厦、酒店、剧场、超市星罗棋布，曾一家独秀的老北市场适时退出历史舞台也就不足怪了。

我和发小驱车来到西拉木伦河畔，小伙伴当年光着脚嬉戏的干涸河滩消失了，断流的河床再次泛起碧波。伴我走过童年的"老洋桥"也拆了，新的科尔沁大桥、西辽河大桥、彩虹大桥、哲里木大桥、新世纪大桥犹如城市的五条大动脉，滋润得西拉木伦河两岸满血复活。我用心贴近天边草原之城，倾听她的心跳。天蓝了，水清了，满眼是葱茏的绿色和缤纷的花海。

老通辽的西北城郊，先前是以河为界的，而今界河倒成了主城区内河。我倾听到彩虹桥下翻卷浪花的声音，记忆的长河也有了奔涌的冲动。对岸的村落消失了，变幻成比老城更气派的生态新城。一大片翠绿的芳草地，还有一大片薰衣草花园，像两只彩色的大手掌紧紧挽住连绵的楼宇商厦。我禁不住拍下这梦幻般美景，那些圆柱、菱形、长方体的建筑物，参差错落在苍穹之下，多了几分几何图案的剪影，也多了几分水色天光的秀美。我走在连接新老城区的新世纪大桥上，这座弧形独塔双索面编花斜拉桥，塔高 80 米，双向 6 车道，颇具现代都市气派。漫步在北岸林荫小道间，我在用心去寻觅逝去的童年，脚下这片静谧的园林，也许曾是小伙伴奔跑的荒野，也许曾是牛羊出没的地方，一切都演化为久远的童话。

不过，这座百万人口的城市并未失去对草原的那份眷恋，就像我对天边草原之城爱的那般深沉。在草原罕王民俗餐厅，我嚼着炒米，吃着奶豆腐，喝着奶茶，啃着烤羊腿，寻找到了儿时进牧场蒙古包的感觉。我陡然发现，草原的风情依旧还在，悠长的牧歌仍然回旋。我的正北方 80 公里是珠日河草原，再向北 120 公里是扎鲁特山地草原。我的正南方 90 公里是阿古拉草原。此时此刻，我生命里的大河在逐随西拉木伦河的碧波深情荡漾，不管流得有多远，我都不会忘却亲吻天边草原，都不会忘怀拥抱绿色故乡……

霞光草原

我喜欢看科尔沁大草原上的晚霞。

那年夏天回故乡，我受朋友之邀，去了霍林河畔的山地草原。我俩驱越野车在草原上狂奔，眼见绿野仙踪的草浪之间，点点云朵般的羊群在绿油油的山坡蠕动，五彩云霞簇拥着一轮圆圆的夕阳，几分深红，几分桔黄，几分银白。清亮亮的小河在绿野间涓涓缓淌，好像一幅流动在天边的大写意画。

停下车，两个人躺在毛绒绒的草地上。万绿之中，红红的萨日朗花开了，远山、小河、旷野都印染上了一片片霞光，顿然有种如梦如幻的意象。想起八岁那年，我来到科尔沁草原，踏着没膝的草浪蹦跳，在溢香的野花中嬉戏，晚霞余晖落在稚嫩的脸上，并无视野之外的惊喜，只有一种新奇的童趣。玩累了就坐在绿野上，看着天边飘动的彩霞，数着眼前走过的雪白的羊，一头，两头，三头……足足有二十六头之多。我惊异地发现有五头还长着白胡子。它们不紧不慢地晃到不远处的小河边饮水。羊群后边跟着挥着羊鞭，穿蒙古袍的老爷爷，用带着浓浓草原味道的汉语问我，怎么会在这里？我告诉他，带我来的叔叔在那边洗车呢。牧羊爷爷冲小河那边瞧了瞧，笑了："那人我认识，是香山农场开吉普的司机。哎，我怎么没见过你呢，城里来的孩子？"

我点了点头，盯着老爷爷的白胡子，好奇地问："老爷爷，我刚看到有好几个羊有白胡子，是老了吗？"老爷爷捋着胡须笑了："长胡子的是山羊，不长胡子的是绵羊。"

"那母山羊有胡子吗？"我急切切地追问道。

"哈哈，山羊就是长胡子的种，公羊母羊都有胡子的。"老爷爷还告诉我，"山羊的胡子挺有用的呢，除了好看，还可以在吃草时清掉草上的灰尘和虫子。"

我听得入了迷，不知不觉中，天边彩霞又变深了，像无数条金红色的锦带在舞动，一阵晚风吹来，迷漫着野花的馨香，要不是司机叔叔喊我上车，还不知要待上多久呢。

多少年了，那牧羊爷爷的白胡子，那晚霞金红色的光，还有那野花扑鼻的馨香，都活跃在我记忆的影像里。而今步入迟暮之年，再次走进科尔沁，去寻觅儿时的影子，叩问苍茫草原，方发现霞光草原真的美透了心扉。

晚霞是大自然呈现于人类的绚烂风景。和儿时的印象相比，霞光草原又多了几分韵味。儿时看草原晚霞是没有岁月概念的，只觉得天边彩云的色彩好看，而今看草原晚霞却有了几许"夕阳无限好，只是近黄昏"的慨叹。我会把晚霞的美与暮年的美，不自觉地拼接为一种画境来欣赏。

我和那位朋友坐在草原的小河边，但见晚霞中的草原是安宁的，就像眼前徐徐流动的小河，让我忍俊不禁，用心来欣赏那份与都市不同的蔓妙。霞光宛若生命之火，把最后的余晖馈赠给了蓝天和大地；霞光犹如时光老人，倾情诉说岁月的蹉跎，让生命在彩云中展示出价值和美好。在晚风轻拂下，晚霞会充满诗意地朝大草原挥挥手，做一次轮回中的精彩谢幕。

　　我的朋友是个热爱生活的草原诗人和词作家，他大我几岁，创作的那首《我是一条小河》，火遍塞北江南："没有大海的波澜壮阔，没有大江的气势磅礴，只有岁月激起的浪花朵朵，我是草原上的一条小河……"

　　那天，朋友望着远山下的绿野告诉我，那首歌词就是依托这片草原写就的。他当时恰逢人生低谷，一日独坐草地上，有条小河在身边悄悄流过。他迎着晚霞，在不经意间，创作的灵感上头了，灵气仿佛化作一条小河，流出了一串霞光浸润的诗行。他顿时抛却烦恼，宠辱皆忘，歌词便出现了如斯句子："不要说道路坎坎坷坷，酸甜苦辣都是歌。"

　　我对朋友大发感慨："霞光的美和草原的美是绝配。夕阳下，天空的颜色变得那般柔和，那般多彩，那般温暖，让人陡然领略到了岁月静好。"他也深有感悟："我喜欢大草原，这里的蓝天、小河、晚霞都是我创作的源泉。"那天回到宾馆，我在笔记本上记下了这样的句子："晚霞就是人生的秋天，犹如远方那片火红的萨日朗在燃烧。耳边回旋的马头琴音，联袂起悠扬的牧歌，轻拂起绿色的晚风，交织成生命的交响乐章……"

几年后，我再次走进霍林河畔的山地草原。我的那位朋友虽远逝了，可他那首《我是一条小河》，至今仍萦绕在我耳畔："绕过高山，穿越大漠，征途上还有无尽的跋涉……"我依旧坐在那条小河边，倾听着河水轻轻吟唱，尽享霞光送我的温馨。我不再年轻了，因而我尤为钟情晚霞，以及霞光所带来的视觉冲击。飘动的晚霞是悠然的，散发着无拘无束的光彩。透过"天苍苍，野茫茫，风吹草低见牛羊"的广袤原野，我竟体味到"莫道桑榆晚，为霞尚满天"的格调。人生的秋天当为收获时节，落日余晖勾勒出生命的三原色。也许人一进入暮年，就格外珍惜曾经的拥有，无论岁月的风尘在脸上留下多少沧桑，也难改变那颗年轻跳动的心。

　　那一刻，落日与霞光共一色，绿野与小河同相依。悠悠岁月的静好，勾勒出一幅如梦如幻的诗意长卷，仿佛将整个世界都染上了温暖的色调。哦，霞光草原，一缕缕淡淡的金黄，一道道浅浅的桔红，构成了人世间的淡泊与超脱，平添了追求坦然的心态与意境。远离了尘嚣喧哗的都市，去亲吻返朴归真的大草原，人若沉浸其中，偶尔"老夫聊发少年狂"，就会惊奇地发现，那逝去的青春，依旧还没有走远。

芙蓉老屋

越野车沿着武陵山脉，一路向西，在湘西永顺境内遇到了酉水河。中午时许，车子停在了河畔。远远隔河看上去，三面环水的芙蓉古镇，在万绿丛中就像一排排立体的积木，搭建在葱茏的深山之中。错落有致的土家吊脚楼悬在峭崖上，与我在凤凰古城见到过的吊脚楼有着异曲同工之妙，都是依山傍水，都是古朴古雅。独妙之处便在于峭壁上悬的那道瀑布，从山崖间飞流直下，泛着晶莹的银光，犹如高挂的流动大屏幕，映衬着悬崖之上的古镇风景。那错落有致的吊脚楼，每一栋都宛若一座小小的城堡，掩映在蓝天白云之下，坐落在草木葱茏之间，显得古朴而别致。

"人说，芙蓉镇是'挂在瀑布上的古镇'，是不是挺漂亮的？"老彭站在摆渡船上对我说："一会儿，我们上山去，再看一看古镇的老屋，你会有不一样的感觉。"

"老屋？"我恍然想到了许多年前看过的老电影《芙蓉镇》。那沧桑满目的土家吊脚楼和古老房舍之间的米豆腐摊，给年轻时的我留下了颇深印象。"芙蓉仙子"胡玉仙和丈夫桂桂在人前人后，忙忙碌碌的样子，至今仍活生生地走动在脑海里。在湘西这样的老屋，我一路见得不少，多以深色木材构筑，雕刻精美，古风古韵，都很有特色。但芙蓉古镇老屋门前的瀑布，又平添了"点睛之笔"，就不能不让人叹为观止了。

站在船头，眼见那挂前川的瀑布，跳过了两级平台，狂落在了原本波澜不兴的酉水河面，旋即溅起了千条水注，泛起万点浪花，其声如洪钟激越，其势如破竹凌厉。这会儿的蓝天，虽说仍为艳阳高照，但方圆百米形成的水雾，却是迷迷漫漫，在阳光的映照下，闪现出一道七色彩虹，莫非这就是古人称之古镇的"雪浪飞虹"？

我忍不住慨叹：在这里栖息了上千年的土家人，当初何以有幸，选择了这般绝妙的山水灵地。一座山峦，一条长河，一道瀑布与古镇老屋朝夕为伴，构建了独具湘西风情的清澈酉水和秀美山光。

老彭老家就在湘西，对这里的风土人情了如指掌。他告诉我，古镇最早的老名字叫做"酉阳"，算起来也有 2000 千多年历史了。秦汉之时，这曾因位于酉水河之北而得名。到了五代十国，这一带改名为溪州，逐渐形成了一座土家族和苗族聚居的古镇。到了公元 910 年，溪州割据政权的首领和湘西土司制度的缔造者彭士愁建立土司王朝，定都王邨，也就是如今的芙蓉镇，还在悬崖之上建造了有着土家人风格的酉阳宫。"王邨"的本意为后世土司王府之所在。"邨"与"村"同音，故当地人后来就俗称为"王村"了。

"你看，那边隐隐可现的飞檐翘角就是王宫了。"摆渡船停靠在了酉水码头，老彭率先跳下船，朝山崖那边指了指，"待会你就看到了，这王宫和汉族建的宫殿是大不一样的，即便也有凌空飞檐，但却是吊脚楼式风格，有着浓郁的土家人情调。"

"是吗？那我可就一睹为快了。"我看着老彭的侧脸，猛然觉得他长得像土家人，就说，"对了，土司大王还是您的本家呢，想必您也是土家族吧？"

"您看呢？"老彭笑了笑，又点了点头，"身为土家人嘛，当然就对芙蓉镇感兴趣喽。"

"说不定您还是王族的后裔呢。"我开起了玩笑，"有您陪伴，我很荣幸。"

"要说这酉水河，还是我们土家人的母亲河哩。"他一边走，一边对我说，"到了公元1135年，也就是南宋初期，当时的土司王彭福石把王都迁到了100公里以外的老司城，又名福石城，就在如今永顺县的灵溪镇一带。古镇王村的酉阳宫也就改成了土司王入夏避暑的行宫了。你等会一看就晓得了，也是典型的吊脚楼建筑风格。"

我俩从酉水码头，顺着吊脚楼长廊一路走来，拐了一个弯，耳边传来了震耳欲聋的轰响，先前在船头看到的远景瀑布，这会儿像有台摄像机相助似的，将镜头一下子拉到了近景，给了个大特写，我可直观奇景了。那扇面般瀑布，从绝壁之上，訇然而下，在双层岩石平台撞击出大大小小的水珠，一时间宛若大珠小珠，落入到硕大的玉盘之中，甚是壮观。仰头观望，那绝壁之上的瀑布，历经千百年的冲刷，硬生生地将大山之巅撕开了一个几十米宽大口子，直坠大山底部，形成了椭圆形的碧绿深潭，再融入到酉水之中。人只有身临其境，方能从视觉和听觉上感受到那种震撼般享受。

随着众多游人的脚步，我朝瀑布而去，不想那边还有个隐藏的"水帘洞"呢。人走进"穿瀑洞穴"，隔着水帘，但见水色天光的酉水河，一碧万顷，河面上，游艇穿梭，笑语迭起，连欢快的鱼儿都跃出了水面。难怪古往今来，无数文人雅士在此留下了诸多笔墨呢。

1919 年，沈从文经沅陵西去保靖，过白河（酉水），途经王村时，那石灰岩台地上的老码头给他留下了颇深印象："白河中山水木石最美丽清奇的码头……夹河高山，壁立拔峰，竹木青翠，岩石黛黑。水深而清，鱼大如人。河岸两旁黛色庞大石头上，在晴朗冬天里，尚有野莺画眉鸟，从山谷中竹篁里飞出来，休息在石头上晒太阳，悠然自得唱着悦耳的曲子，直到有船近身时，方从从容容一齐向林中飞去。水边还有许多不知名水鸟，身小轻捷，活泼快乐，或颈脯极红，如缚上一条彩色带子，或尾如扇子，花纹奇丽，鸣声都异常清脆。白日无事，平潭静寂，但见小渔船船舷船顶站满了沉默黑色鱼鹰，缓缓向上游划去。"（沈从文《白河流域几个码头》）

这段文字写得唯妙唯美，将百年前的酉水河风光写得活灵活现，与我眼前的风景对比，见不到那么多鸟类了，少了几许原生态风情，却多了几分现代气息和人工雕饰。想来也是，遥想当年，不会儿有哪个先觉把古镇当作风景名胜来打造的。千百年来，环绕古镇的酉水河是沅水最大的支流，在鄂西和湘西交界的两侧水岸，世世代代养育着勤劳的土家儿女。他们依水傍山，劳作生息，一切为了生存，哪里还会有现代人的那份雅兴呢？

芙蓉镇之奇，就奇在地形地貌。夹河的山峦，壁立的峰势，造就了古镇的独特景观。这种典型的石灰岩，极易被流水侵蚀，进而形成陡壁、台地、峰林、洞穴等奇异地貌。早在5亿年前，这一带还沉浸在古扬子海的海底，迄今约3000万年前，即"第三纪"之时，喜马拉雅造山运动引发了芙蓉古镇所在的武陵山脉隆起，形成了巨大而高耸的石灰岩台地，且未被流水割裂。这里从岩溶台地的边缘起，依靠地势，逐渐上升。地理上的隔断感在古镇的空间布局中可清晰地展现出来。土家人非常巧妙地利用了陡峭的山居地形，利用大挑、吊脚等一系列建筑技巧，依山而建出木制的吊脚楼和顺山势而铺出的石板街，与地质景观遥相呼应。如此的芙蓉老屋也就成了独具匠心的建筑艺术品了。

一条酉水河诞生了一个千年古镇。

一条酉水河养育了一个千年古镇。

从码头上踏入这座古镇后，我第一眼看到的就是这座三面环水的土家城楼了。整个城楼为木质主体，采用了榫卯结构，看得出土家人也融汇了汉民族的建筑风格，那高高飞起的檐角，那吊脚楼风格的窗牖，设计精妙，用工细琢。楼檐下悬有谢晋导演题写的"芙蓉镇"三个大字的牌匾。

穿过了城楼拱门洞，沿着石阶上行，就来到了芙蓉镇的五里古街。那是一条顺山势伸延，蜿蜒曲折的老巷，林立的老屋也像盘虬卧龙的古树，布满了一脸岁月的沧桑。那斑驳陆离的墙，那吱吱作响的门，都透着时光的印记。那古树投下婆娑的树影，依偎着老屋，似乎在耳语那悠远的岁月。

古街两旁挂满了长串的红灯笼，青石板的路面，岁月磨平了棱角，脚踩上去很光滑，似乎在向我诉说着古镇老屋悠远的岁月。我不知道这条古街有多么漫长的历史了，上百年？还是上千年？但我能从这条古街的沧桑里，透视到那幽深的岁月和曾经的风韵。这是一幅承载厚重历史和浓郁文化的湘楚画卷，浓缩着一个古老民族的岁月梦痕。

青石板路两旁，那茂密的梧桐树，撑起了一把把绿伞，遮蔽烈日，伴着山风，凉爽宜人。几缕阳光从树冠中泻下来，投下摇曳的光影，仿佛在对我微笑招手。一色的青砖黛瓦的木屋鳞次栉比，一色土家民风的门店别具情调。高低错落地布满了杂货铺、食品店、餐馆、客栈。老彭告诉我，在以水运为物流基础的古老年代里，酉水河货船如织，成了永顺一带土特产的集散地，像桐油、茶油、牛皮、麝香、药材、土家织锦等都经此外销，外地的商货，像客布、食盐、棉花、茶叶等生产生活资料也在此登陆。所以临近酉水码头的古街也就应运而生了。古街的老屋也印证了芙蓉镇古老的繁华。我的脑海也浮现出明清时期，水路码头连接着陆路通道热闹非凡的场景：骡马、商客日夜穿梭，夜半时分，也可听到青石板上嘀嗒嘀嗒的马蹄声声。

临街的老屋，大都为门市，设有货柜，有的柜台离地面有大半人高，只是为了适应客户看货取货，即便是坐轿骑马购物，也很方便的。有史料记述：在清代的乾隆、嘉庆、道光年间，芙蓉古镇的店铺有数百家，天天商贾云集，日日骡马络绎不绝，好一番热闹繁华光景。

难怪我路过瀑布时，看到崖壁镌刻着"楚蜀通津"四个大字，相传为当年唐伯虎云游于此题写。这又顿然让我想起沈从文先生在上文中对古街的生动描述："傍山作屋，重重叠叠，如堆蒸糕，入目景象清而壮"。芙蓉老屋原来就是岁月遗落下来的碎片啊。

在横跨古街的贞洁牌坊旁，我找到了那块落地齐檐的大招牌："刘晓庆米豆腐店"。招牌真的挺亮眼的，还特意标出了"芙蓉镇 113 号"的"正宗"字样。《芙蓉镇》影片里的故事就是从这街边小店展开的。37 年过去了，一部电影，却在很大程度上让一个千年古镇又焕发了一次青春。我花 10 元钱吃了一碗米豆腐，这以米为主料配制的食品，切成一厘米见方的小块，经水沥干，佐以小葱、豆瓣酱等，那柔滑酸辣的口味，让我记住了这家古镇小店。

古街的青石板路很窄，不过二、三米宽，可那飞檐翘角的老屋，随便哪一间，想必都有百年光景了。勤劳智慧的土家人"借天不借地"，把吊脚楼式的老屋都建在了悬崖峭壁之上，还随着山势，建成了一条长长的古巷，让我禁不住叹为观止。我站在老屋窗前，远眺绿油油的风景，恍如步入到仙境一般。脚下是云朵，头上是蓝天，群山簇拥着一条长河，构成了一片流动的天然画廊。

古巷幽深，顺山蜿蜒，沿着绕山的石阶，在不知不觉中，芙蓉瀑布已踩在我脚下了。绿树掩映的土王行宫，高低错落，君临四野，也在柳暗花明中亮相。那翘角的飞檐，像一朵朵怒放的黑牡丹，盛开在峭壁悬崖上。一座几代土司王的避暑山庄，享水气之凉，山风之爽，确为解暑纳凉的绝佳去处，好一个气度不凡的吊脚楼建筑群，

土王行宫分为酉阳宫和八部堂两大主体建筑。昔日的酉阳宫如今成了古镇 4A 级景区的核心景点，八部堂也放下王者身段，改建成了"悬

崖飞瀑"的高端民宿客栈。一色的吊脚楼群，一色的临江观瀑房，每间老屋都配有独立观瀑阳台，尤其是那 270 度无敌瀑景房，面朝瀑布，春暖花开，更是古镇独有的一道风景。那古镇的老屋也焕发了时代的青春，沐浴着和煦的春风。

登王者行宫之高，站民宿老屋之台，芙蓉古镇的全景图尽收眼底。长河船帆争游，长瀑银流飞溅，老屋连绵如织，将古镇的风情映衬出来。老屋的屋顶和楼檐，有高有低，有大有小，像 1000 年前的行宫卫队，列队等待着顾客上帝的检阅，也将古镇的王者风范凸显了出来。

这一带的老屋皆为清一色的吊脚楼建筑，楼的一端以临岸的山石为支撑点，另一端悬在水面，以高高的悬柱插入水中做支撑。湘西之行，一路常见这类吊脚楼，多以正屋、偏屋、木楼三部分组成。吊脚楼木栏常雕有"回"字格、"喜"字格、"亚"字格等吉祥图案。屋脊上的瓦也往往做成太极图形，再配以四角翘檐，显得玲珑飘逸。

在通往土王行宫的路上，还有一座挂满红灯笼，飘满红绸带的土王桥。这桥身成五孔石拱状，桥头为重檐歇山顶，桥面辅以木构长廊，直抵水边，是一座典型的土家族风雨桥样式。相传土司王常在桥头休闲吟咏，故得此名。我站在桥头，仰首而望，可见巉岩突兀陡峭，崖壁陡险峻，耳闻水声潺潺，一路流向远方。

土王桥下有一条营盘溪。这条小溪横贯古镇，因断层在溪尾形成了两级阶梯状的瀑布后，注入到酉水河。小溪两旁的水岸人家多为土家人，故而这里的老屋也多为吊脚楼。在绿荫掩映的小溪边，我看到了这样一幅生动的画面，有位一脸惬意的土家女人在水边浣洗衣服。她土布包头，身着藏蓝色无领满襟衣，袖口和襟前饰有精致的绣花和华丽的装饰，还戴有亮眼的银饰和玛瑙饰品。她似乎在哼着一首山歌，那宽大的衣袖在溪水上有节奏地摆动着，像是个跳洗衣舞的舞者。我脑海里顿然迸出了"所谓伊人，在水一方"的诗句，若用在眼前场景，应当再恰当不过的了。

土家女人的身后就是一排排古镇老屋了。吊脚楼的影子倒映在溪水间，随着水流在晃动，溪水中还有那个女人的影子和那棵梧桐树的树荫，偶有几声鸟鸣，融入了潺潺的流水，又添了几分情趣。这是一幅多么幽雅而美丽的古镇浣溪图啊，若拍出来一定很美很美的。

老彭带着我走进了临溪的一户土家人老屋。沿着那木质的扶栏和楼梯走上去，我见到一位上了年纪的老人安详地坐在门厅的靠椅上，在冲我们微笑。那木质的门墙楼屋都很旧了，像古镇小巷里的青石板一样泛着时光的记忆。老人告诉我，他在这间老屋里住了60多年了，每一天都在听着小溪在唱歌。他讲起儿时那会儿，他在酉水边听到艄公们嘶哑的号子，在瀑布下和小伙伴捉迷藏，在溪水旁看到母亲在淘菜洗衣，在土王桥下的水中摸鱼如戏……

岁月中真实的点滴，都在老人的记忆里，如同酉水中的一张大网，时不时就打捞上来一桩桩往事。那些遥远的趣事就像这座吊脚楼所依偎的峭壁，层叠、厚实、错落、工整。我从窗外看到了远去的酉水在缓缓流淌，那些伫立在山水之间的老屋，与向水而生的古镇一道，见证了芙蓉古镇的前天、昨天和今天。

在芙蓉老屋，我闻到了浓浓的原生态乡土气息，吊脚楼就是一个历史的符号，无论是最初时的实木青瓦，还是如今的斑驳翘檐，这些古街老屋都承载了一个民族的古老记忆。我想起方才在芙蓉镇民俗博物馆的展厅里，我看到了手摇脚踏的棉花机、人工木榨油机、鸣号的羊角、世代相传的雕花牙床……我还欣赏到土家姑娘手执梭子在古老织锦机上巧手织锦的潇洒。

在西汉古井的亭子里，我无意看到了朱熹的题名和对联："一窍有泉通地脉，四时无雨滴天浆"，马上就想到了那倾泻着灵气的瀑布。在古街的青石板路上，我也听老彭讲起过当年贺龙元帅率领的红军就穿着草鞋，无数次从这里走进了吊脚楼的场景。

我沉湎在向水而生的古镇老屋里，顿生出一种时空跨越的感觉。吊脚楼躺在古镇的怀抱里，时而轻吟低唱，时而引吭高歌，时而如泣如诉，时而温婉倾吐。老屋是老了，但也不乏时尚的元素。我从那雕刻精美的花窗，从那80英寸的激光电视里，寻找到了岁月的静好和时代的变迁。我来到古镇，已经倾听过瀑布的欢歌，好想倾听一下，芙蓉老屋再诉说点什么……

香格里拉的偶然

一次偶然的旅行，我来到了如诗如画的香格里拉。

我相信人生的偶然，就像相信太阳每一天都是新的一样。

生命是由无数次偶然形成的，既然一次偶然，让你和我凭亿万分之一的幸运来到人世上，就不要对未来的偶然生出怀疑。所以，当我第一次走近香格里拉，踏上海拔4000米的净土时，我对偶然的所见所闻充满了新奇。

曾经的独克宗古城，一个偶然成了月光之城。依山势而建的建筑，用旧石头书写着岁月的久远。听着寺庙清脆的晨钟，我迷醉了，钟声唤来远近众多虔诚的人，在赶往大佛寺，朝圣心中的日月，手转经筒，一圈又一圈，只是为了一个信念。那是藏族人心目中的香巴拉理想国，一支从1000多年前传唱至今的悠长神曲。

古风古韵的石板路，至今仍留着深深的马蹄窝。那是马帮队里成千上万只马蹄踏过所留下的印记。独克宗古城，是茶马古道上的重镇，也是远方马帮进入藏区后的第一站，我凝望着凹凸不平的山路，推想着写满沧桑的岁月，行走在山间的马帮，驮走的是茶叶盐巴，驮来的是虫草麝香。

次仁央宗告诉我，香格里拉流传许多山间铃响马帮来的传说，也有小时候听她爷爷讲的故事。一个偶然的机会，爷爷看到往来于滇藏茶马古道上的马帮，一队又一队从寨子门前走过，感觉他们虽很苦，却很赚钱。穷则思变的爷爷动了心思，和几个寨子的年轻人合伙组织起一个马帮队。走之前，他们会到丽江、大理一带收购茶、盐、布匹、粉丝，到了2月份，过完藏历新年，马帮就驮着这些货物从香格里拉出发，沿着前人走过的茶马古道艰难地行走。要知道从香格里拉到拉萨足有1500多公里，一路冰封雪域，羊肠小道，要战胜常人难以想象的生死考验。

谁能知道，在路途中，将遇到多少个偶然？他们踏着积雪，顶着酷寒，在空气稀薄的青藏高原跋涉。时不时，连绵不断的马帮会有人或有马匹訇然倒在路边，盐巴和茶叶撒落了一地；时不时，疲惫的马帮会遇上雪崩，若困在大山里十几天，人会陷入绝望；时不时，惊恐的马帮队会遇到劫匪，如果不是手中的猎枪，那就只有束手就擒了。幸运的是爷爷在无数次的偶然之间，多少次的有惊无险，居然幸运地活过来了。

时而风餐露宿，时而饥寒交迫，好不容易捱到走进拉萨的那一天，顾不上休息，就急着将千辛万苦运来的货物卸掉，还没喘上一口气，就忙着到八角街去采购当地特产和药材。偶然也会跑一趟印度、尼泊尔，去交换内地稀罕的东西搭在回程的马背上。

无数个春秋冬夏，爷爷们将大部分时间花费在行走茶马古道上，路途遥远不算，还要渡过金沙江、澜沧江、怒江、拉萨河、雅鲁藏布江，还要翻越过好多座 5000 公尺以上的雪峰。一去花上 3 个多月时间，一回花上 3 个多月时间，这大半年就过去了。回到香格里拉，行程还不算终结。为了卖个好价钱，他们会把货物再拉到云南的主要城市去销售，再把家乡需要的货物带回来。一个轮回，就是一次生死劫。

我行走在独克宗古城的石板小路上，仿佛倾听到历史的回音。在丽江的时候，我看到一个旅游项目，许多游客骑在马背上，美其名曰体味茶马古道马帮来的感觉，听了次仁央宗的故事，我豁然感到，那种悠然自得的感觉，是多么天真而可笑。

我穿梭于五色鲜花装点的独克宗花巷，又陶醉于现代风情里。小店里流淌出时尚的音乐，小巷的橱窗充斥着现代元素，咖啡馆的吧台、高脚椅，以及谈笑风生的藏族少男少女，让我犹如回到内地的星巴克。

我咨询过次仁央宗，这"独克宗"是什么意思。她告诉我，"独克宗"的藏语发音有两层意思，一为"建在石头上的城堡"，一为"月光城"。后来的古城就是环绕山顶的寨堡建成的。在香格里拉，与月光城相对应的还有个日光城，藏语发音为"尼旺宗"，是建在奶子河畔的山顶上，其寨堡已拆掉了，原址上是一座白塔。

我偶然与独克宗古城邂逅不久，就遇到了一场淅淅沥沥的小雨，此时此刻的古城，一片孤寂。小巷里，我们几个远方的旅人，沐浴着天边飞来的柔柔雨丝，踏着音乐屋传出的千年古藏乐，闲坐在小餐馆喝一碗古法酥油茶，注目着从窗前划过的几位藏族女孩的背影……

凝神独克宗古城，我在想，人生有许多偶然，一次偶然，也许就会有一个新的发现。香格里拉，最初在我脑海中是神秘的，那里有梅里雪山，有虎跳峡，有独克宗古城，有普达措自然保护区，有碧塔海静湖……但身临其境后，神秘感蓦然间蒸发了不少，我眼里的香格里拉，似乎像是个月光宝盒，让我感到在时光倒流之后，又出现了新的偶然：从古城狭窄而幽长的石板路上，我寻觅到了渐渐远逝的历史沧桑感；从独克宗花巷的深处，我发现了时光隧道也从遥远的过去通向了遥远的未来。

在一个寻梦的季节，我背上行囊去了香格里拉。

香格里拉的天是蓝的，是那种晶莹剔透的蓝。

我行走在蓝天之下，流连于碧塔海畔，为身边深深浅浅的绿色，也为身边幽幽暗暗的蓝色所陶醉。香格里拉是个神秘的地方。在英国作家詹姆斯·希尔顿眼里，她就像英文版的桃花源，让四个因祸得福，误闯香格里拉的西方人，在消失的地平线上寻觅到了"心中的日月"。那是一片永久和平与宁静的圣地，有金字塔造型的梅里雪山，有神人栖息的巴拉格宗大峡谷，有高原融雪飞流的七彩瀑布，有映衬白云水鸟倩影的拉姆央措湖……香格里拉，犹如一个青春美少女，穿着藏族女孩五彩纷呈的长袖长袍，呈现着香格里拉的青春神韵。在这里，天堂和美丽就像让人美到哭的月亮湖入驻心中，我带着憧憬，把传说中的香格里拉拥入自己的怀中。

此次来香格里拉，我原本打算自由行的，但从丽江那边过来，我改主意了，起因是香格里拉太大了，海拔又高，不会自驾，想自由行，简直就是活遭罪。于是，我临时抱佛脚，报了一个团，导游是个 80 后，名叫次仁央宗。

次仁央宗是位藏族女孩。无论从长相，还是从神态；无论从服装，还是从饰品，都散发出浓郁的藏族味道。也许是时代的原因，她身上也有与传统藏族不大一样的地方。在我眼里，她当属现代藏族美女，一眼看上去就是少数民族，不过，她身材苗条，肤色白晰，倒更添几分江南女孩的模样。她骑在一头雪白的牦牛上，从嘴角散发出来的微笑，没有一丝做作，带着雪域静湖的清澈。在她脸上，少了一些美术家、摄影家所追求的藏族女孩的高原红，取而代之的是满满的胶原蛋白。我所奇怪的是，她做导游，常年与高原强紫外线亲密接触，是怎么把皮肤保养得这般滋润呢？

次仁央宗是个精致的女孩，给我的印象是，她每天都在换衣裙和饰物，像头饰、首饰、手镯、挂件等，唯有随身佩戴的天珠从未换过。她喜欢色彩鲜艳的服装和饰品，但声言不是为了炫耀，只为了自己快乐。她眼里藏族服装是最漂亮的，就和香格里拉的风景那般绚烂。她尤其喜欢祖母传给她的天珠，称之为神灵的眼睛，抑或来自古生物化石，抑或来自喜马拉雅山的螺化石，抑或来自外太空陨落的神石。我的思绪在她奇幻想象中飞舞，漫野碧绿，一地花香。

踏着清晨的早露，路上来了一队黑色的牦牛，有位藏族老乡牵着背搭木箱的牦牛，一头装着行李，一头坐着小孩。次仁央宗倏地停下脚步，痴痴地目送牵牦牛的那位父亲远去。她深情地对我说："我突然间想我阿爸了，小时候他也曾把我这样抱进自制的木箱子里，我也有过牦牛背上的童年……"她还告诉我："我爷爷是跑马帮的，你是作家，要是能写出来绝对是个传奇。"

次仁央宗讲一口标准的普通话，在旅游大巴讲解时谈笑风生，堪比电视台的节目主持人，这是令我暗暗称奇。我私下问："央宗，从小就生活在藏区吗？"她瞪大眼睛，诧异地说，"这有什么可以怀疑的吗？我从小到大，是喝着家乡的酥油茶长大的，上大学之前，我甚至都没坐过电梯。"

下面的话，我没好意思说出口，心里却画了个大大问号。不过，问号藏在内心，总有点如鲠在喉。没过一会儿，我忍不住又换个角度聊起来，问道："你从小学过汉语？"她笑了，笑声像眼前流过的小河那般欢快。"哦，我明白了，你是在怀疑我不该把汉语说得这么好，是吧？"她幽默地说。我顿觉有几分尴尬，心说，"你是来旅游的，问那么多不贴边的话干嘛？"

她没直接回应我，转而讲起家乡的故事。在她还不记事时，家里住进一位支教语文老师。他来自大连，一个翻卷浪花的海滨城市。"刚来时，家里人的话他不懂，他的话家里人不懂。"央宗回忆说，"我呀呀学语时，第一句汉语就是他教的。"

"后来呢？"我想当然地推理说，"他是不是做了你的语文老师？"

"没有哎。"她不无遗憾地摇了摇头，"他教的是另一个班级。"

次仁央宗告诉我，老师刚来时好年轻啊，刚过 20 岁，他走的时候，已 40 出头了。老师在藏区生活了整整 20 年。"他虽没在课堂教过我，但我一直把他当老师崇拜的。他不光教我说普通话，还给我讲外面的世界，讲棒槌岛的礁石，讲大连湾的浪花……他在我们家学会了藏语，我和家人也学会了汉语。"

听到这里，我沉默了。20 年啊，香格里拉的格桑花开了 20 次，菩提树的年轮长了 20 圈。一个把青春留给雪域高原的人，一个把知识留给香格里拉的人，有着比那四个西方人更崇高的人生境界。

在香格里拉，我恍然发现了青春的奥秘：若把青春当作一片浮云，她只能飘在春天里，带着无奈悄然逝去；若把青春当作一粒高原的种子，她就能长在盛夏，收获在秋季；若把青春当作一条雪山下的小溪，她就能流向大海，寻觅到更宽广的世界。

许绚烂。

剑钧主要作品目录

长篇小说

《爱情距离》，作家出版社（2004 年 1 月版）

《情人规则》，文化艺术出版社（2002 年 5 月版）

《古宅》，文化艺术出版社（2000 年 1 月版）

《蓝梦》远方出版社（1997 年 4 月版）

《心房的那把钥匙丢了》远方出版社（2005 年 6 月版）

《天祚文妃萧瑟瑟》内蒙古人民出版社（2012 年 9 月版）

《敖包相会》合著 内蒙古人民出版社 (2017 年 4 月版)

《神秘古丝帛》安徽文艺出版社 (2020 年 4 月版)

《巴黎背影》中国文史出版社 (2021 年 1 月版)

长篇情感散文

《我愿用温柔对你，赶走这个世界的阴霾》中国青年出版社（2014 年 3 月版）

《潜能是大海，分数是浪花》北京大学出版社 (2015 年 10 月版)

长篇游记散文

《浪漫之都录梦》知识出版社（2011 年 10 月版）

《寻梦塞纳河》知识出版社 (2016 年 3 月版)

散文集

《多梦的花季》内蒙古人民出版社（1992 年 12 月版）

《窗外窗内》吉林人民出版社（2010 年 12 月版）

《名家自选集·写给岁月的情书》民主与建设出版社(2019 年 10 月版）

《给孩子美的阅读 楹联》天地出版社(2022 年 1 月版）

《中国古树大观·神话》中国林业出版社（即出）

散文诗集

《爱的雨巷》内蒙古少儿出版社（2000 年 9 月版）

长篇纪实文学

《滨海 光电交响曲》中国电力出版社（2011 年 3 月版）

《中国智能之城》作家出版社（2012 年 6 月版）

《黎明，我们出发》中国文联出版社(2015 年 6 月版）

《黎明再出发》中国电力出版社(2018 年 9 月版）

《守桥翁的中国梦》中国青年出版社 2014 年 9 月版）

《扎拉嘎胡传》内蒙古人民出版社（即出）